有故事的
法国

洛艺嘉 ◎ 著

测绘出版社

© 洛艺嘉 2016

所有权利（含信息网络传播权）保留，未经许可，不得以任何方式使用。

图书在版编目 (CIP) 数据

有故事的法国 / 洛艺嘉著 . -- 北京 : 测绘出版社，2016.7
（独行天下旅行文学系列）
ISBN 978-7-5030-3946-1

Ⅰ . ①有… Ⅱ . ①洛… Ⅲ . ①游记 – 作品集 – 中国 – 当代 Ⅳ . ① I267.4

中国版本图书馆 CIP 数据核字 (2016) 第 122431 号

策　　划：	赵　强		
责任编辑：	赵　强		
执行编辑：	徐以达		
责任印制：	陈　超		
装帧设计：	水长流文化发展有限公司		
出版发行	测绘出版社	电　　话	010-83543956(发行部)
地　　址	北京市西城区三里河路 50 号		010-68531609(门市部)
邮政编码	100045		010-68531538(编辑部)
电子信箱	smp@sinomaps.com	网　　址	www.chinasmp.com
印　　刷	北京新华印刷有限公司	经　　销	各地新华书店
成品规格	170mm×230mm	印　　张	15.75
字　　数	114 千字	版　　次	2016 年 7 月第 1 版
印　　次	2016 年 7 月第 1 次印刷	定　　价	48.00 元
书　　号	ISBN 978-7-5030-3946-1		

本书如有印装质量问题，请与我社门市部联系调换。

序
你该有段时光，在法国蹉跎

这是我的第14本书。我挺头痛写序言或后记的。因为有感而发所写的，我觉得都写完了。但出版社让我写，没有这个不完整，我也只好奉命了。

有一年，我在一个网站做了个调查：女人心中最浪漫的15个国家。百分之八十的女人，把法国列在首位。

我也如此。

我忘记了何时开始钟情巴黎的。读《巴黎圣母院》《悲惨世界》？看法国新浪潮电影？听香颂？观巴黎时装展？

电影、书店、咖啡馆、时装、香水、红酒、香颂、到处拥吻的情人，组成了巴黎浪漫、自由、时尚的个性，独特的梦幻般情调，诗情画意。

当然，万万不能少的，还有它的文艺气息，它的情怀。这是巴黎的底蕴。

毕加索和玛丽一见钟情于戈尔布阿咖啡馆，亨利米勒在双叟咖啡馆认识了诗人庞德，海明威在丁香花园咖啡馆靠窗的位置构思《太阳照样升起》，萨特与西蒙波娃在花神咖啡馆讨论《存在与虚无》，加缪请朋友在圆顶咖啡馆庆贺《鼠疫》获诺贝尔文学奖。

乔伊斯最后在巴黎完成的《尤利西斯》一直是禁书。为其连载，编辑被判刑了，但比奇冒险出版。乔伊斯和海明威，两个文坛大家曾常伴左右。乔伊斯喜欢起争端，但他体弱，高度近视，有时甚至看不清对手，但他会喊："海明威，干了他！"海明威便一冲而上。

那些黄金岁月，巴黎唤醒了多少才华，留下多少至今仍为人们津津乐道的故事。而我们今天得到的，多是过往时光给予的温暖。灯火渐次熄灭，衣香鬓影里，时代慢慢转身，将回忆和梦幻留下。

因为和文艺界没有交集，那些文艺情怀，我只在背景地想象。我伸手触摸的，是巴黎平实的生活。我和23岁的巴黎女孩朱迪一起随意乱窜，和家庭主妇索尼亚去菜市场、酒廊，体会捷克移民库尔克娃的冷漠、英国女人安的飘忽……

也曾在一个朋友家里，为这样的事情惊异。这位摄影师朋友，拒绝了一个邀请，给多少钱都不去。原因不是她有更重要的事，只是她想去看一部电影。

这其实也是浪漫吧。它遵从自己的情感，内心的声音，它更自然，符合人性。当你不被任何事情奴役时，你才能真正拥有品质生活。它更让人超越平淡平凡，在生活中追求梦境。

这位摄影师的老公，曾带我和一个中国朋友去看房。竟然不是我想象中惯常思维认为的那样：马上去办正事。他领我们先去喝咖啡，吃午饭，再喝咖啡，然后又领我们去超市、集市，然后又转了周围的几处地方，这才领我们去看房子。

我那位中国朋友，却立刻喜欢上那里，决定马上搬过去。原来，这个法国人事先根据我描述的情况，早就想好了我那位朋友住哪里最合适。而他，不仅把这一路的情况都介绍了，周围的情况都介绍了，自己的一天也丝毫没有耽误，一杯咖啡都没有错过，也让我们过了充实而美好的一天。

讲求生活品质，享受时时刻刻的生活，将生活过得艺术般，这也是巴黎旧时代遗留至今的精髓吧。

我谈不上多喜欢巴黎。但在我的字典里，浪漫所指代的城市，却没有谁能代替巴黎。就像不完美的老公，他有种种不是，但你还是没有再爱别人。

对比巴黎普遍的冷淡，我更喜欢法国的外省。我喜欢普罗旺斯、圣米歇尔山、雷恩斯、图尔、迪南、圣马洛、翁弗勒尔……

在科技展上，一个姑娘跪地，耐心地帮我穿上体验的全套设备。为了把春天的苹果花和我照在一起，一个小伙子双腿跪在我面前。那些诚意，让人心生感动。

写着写着，我觉得往事扑面而来。

你徘徊在巴黎寒冷的街头。你觉得没有什么收获，但又觉得得到了很多。

尤其，你在年轻时来。

目录

Part 1 画影巴黎 1
梦特丹芳的回忆 2
随风流浪 10
冒险时代已结束 23
看上你的稚拙 29
只此一次 36
告别后，会走多远 40

Part 2 伊拉克姐妹 41

Part 3 科学家范姿 51
五月风暴中的爱情 59
格瓦拉——某些青年的青春 64
一无所有，爱满盈 67

Part **4** 原来，什么都可以轻松自在 71

Part **5** 巴黎的咖啡时光 75

Part **6** 壮美一生 79

　　来自雨果故居的追想 80

　　生活的激情 85

Part **7** 马赛，流浪者的天堂 87

　　谢恩牌 88

　　齐达内的小巷 90

　　马赛的撒哈拉 95

　　能否吃昏过去 99

　　夜宿海上星空下 104

港口落水　107

没有一个水手是平凡的　113

马赛贫民区的阿拉伯少女　121

Part 8　从米兰到尼斯　125

尼斯海滨广场夜忧伤　128

Part 9　开车去找薰衣草　131

蒙特利马尔，薰衣草节　139

灰紫色的薰衣草　142

Part 10　索尔特，看薰衣草浪漫绽放　147

Part 11　慢人洛艺嘉 151

Part 12　格拉斯有一种香，名叫洛丽塔 157
　　　　　临别的漫游 163

Part 13　田园阿尔勒 165

Part 14　泉城艾克斯看塞尚 169

Part 15　普罗旺斯市集的美好记忆 173

Part 16　奥尔良——秋之彼岸 177

Part 17　图尔——一瓶春风 183

Part 18　美景来了，相机没电了 205

Part 19　圣米歇尔山，神秘美景下的小阴影　209

Part 20　翁弗勒尔，印象派画家钟情的写生地　217

Part 21　迪南水岸，宁静盛放　221

Part 22　一个人的旋转木马　225

Part 23　每一颗眼泪都是一颗珍宝　229

Part 24　苹果酒，拉杜斯，一无所知的情人　233

第一章
画影巴黎

梦特丹芳的回忆

我站在这路口，厌倦了寻找。巴黎星形放射状分布的街道，不辨南北东西。我想起莫狄阿诺的《星形广场》。

打电话过去，描述自己所在的位置。

对我来说那么难的寻找，对她却不过是在自己家附近；我不是她学校公共课的学生，而是她私人学堂的学生。她该来接我，我自己这样想。

可是我错了。

她给我描述了更具体的位置。

有几个瞬间，真的想放弃了。又想起莫狄阿诺的《寻我记》。一个人，不知自己是谁，尚能去寻觅，我去找一所住处，又真能难到哪里？

秋天马上到了，巴黎阴晦起来。其实它一直是阴晦的，它的多彩不是视觉上的，不像西班牙。

"我对阴晦的巴黎没有丝毫的兴趣。"莫狄阿诺曾说，可她却在巴黎留下来，一辈子生活在这里。

终于，在一个装裱画的小店，我问到了。

"我在找一个中年女画家，名叫艾尔曼。"

"是，好多人找她。她教人画画。"

"转身就这么容易？"

小花园简朴，开着素雅的花朵。在巴黎，第一次进陌生人的家，有些生怯。异国人的生活，有时很难想象。介绍我来这里的女友说："我的一个女友，要去意大利半年。担心男朋友去外面寻欢，就把他委托给我。'你们做什么都可以'。"

也有小小的好奇，我在院子里站了会儿。一个佣人样的瘦小男人过来："你要找的人出去了。"

"我刚刚打电话，她还在呢。"

他面无表情："她刚刚出去。"

让一个异国学生，一个对巴黎一无所知的学生到处乱撞不合适，她终于良心发现，出门寻我去了。我想。

等了一个多小时，她竟没回来。

"老师何时回来？"我进屋，在小厅堂找到瘦小男人。

"要到晚上。"

"晚上？我是来上课的。"我有些急，说话这么不算数！？

一个女孩袅袅婷婷进屋。我一问才知道，原来我找错地方了。这房子的主人也教画，也是女人，却不是我要找的艾尔曼。离艾尔曼的住处还差两个院子呢。

其实对于我来说，发生这样的事也不为奇。

大学报到那天，我陪高中女友去她所就读的人大。返回学校时，却找不到班上的同学了。第一次班会就迟到，我有些急，跑去系里问。老师说："在16号楼开会呢。"我匆匆赶去，在一楼看见一教室里满是学生，老师在讲，就过去敲门："对不起，老师，我来晚了。"坐下听了半小时，才知道弄错了。这是经济系，不是我所在的新闻系。又不好意思起身走开，只有接着听。散会时，可以听见很多人互相打听：这女孩是谁呀？

艾尔曼对我很一般，丝毫不是我想象中老师对私人学生的样子。她也没有把我介绍给其他同学。她们都在自己的桌前忙活着，头都没抬。

我把见面礼——一只中国的玉手镯拿出来，送给艾尔曼。她惊喜地上前搂住我，在我左右脸颊亲了两口。

一个穿蓝格衬衫的短发女子把桌面收拾了一下，给我让出位置。她叫伊莎贝拉。

伊莎贝拉，我从小说中经常读到这名字。可她不是我想象中浪漫的法国女郎。我想象中的法国女郎穿着我不曾见过的漂亮长裙，卷卷的长发。

因为初学画画，我不能在整张画纸上练习，要先把画纸一分为二。

"这纸得另买。"艾尔曼说。

我掏钱买了。

我又找她借来裁纸刀。

我手笨，把平顺的纸裁得边缘凹凸。我为自己的笨而懊恼，心情不快了半天。

该休息了，大家离开画室去了客厅。

我还是有些拘谨，因而就近坐下。我坐到了沙发向两边翘起的扶手上。

"你坐这里，会把沙发坐坏的。"艾尔曼说。

也真是，我这样有修养的人，怎么会坐到那里!？

那沙发和我北京的沙发几乎一个款式，只是颜色不同。如果有人这样坐我的沙发，我会不动声色。如果那是新买的，我非常喜爱的沙发，我会借故把坐在上面的人领到别处，而不会这么直接告诉她。

我站起来，不知该坐哪里。一个身体消瘦的女孩主动向右边挤了挤，空出沙发的一块给我。

我坐下。

地方确实有点挤，于是她起来，坐到了不远处的地板上。

她身体消瘦，有浅蓝色明亮的大眼睛。在一群中老年学生中，出众得像个玩笑。

能在这里学习，生活该是优越的，还得悠闲。但是，我觉得她像是边缘人。像《新桥恋人》中比诺什演的那种女孩，在巴黎街头狂奔，因为爱得太多太狂而精神崩溃。她像那女孩安静的时候。

我知道自己在绘画方面毫无天分，但我对色彩有强烈的爱，所以选择水彩画——从容淡雅，也是我喜欢的生活方式。

我知道颜料是要用水勾兑的，但我不知道，在开始画前笔要先蘸水，把整个

JIM MORRISON
BOB DYLAN
JANIS JOPLIN
JIM MORRISON
NIRVANA
DOORS

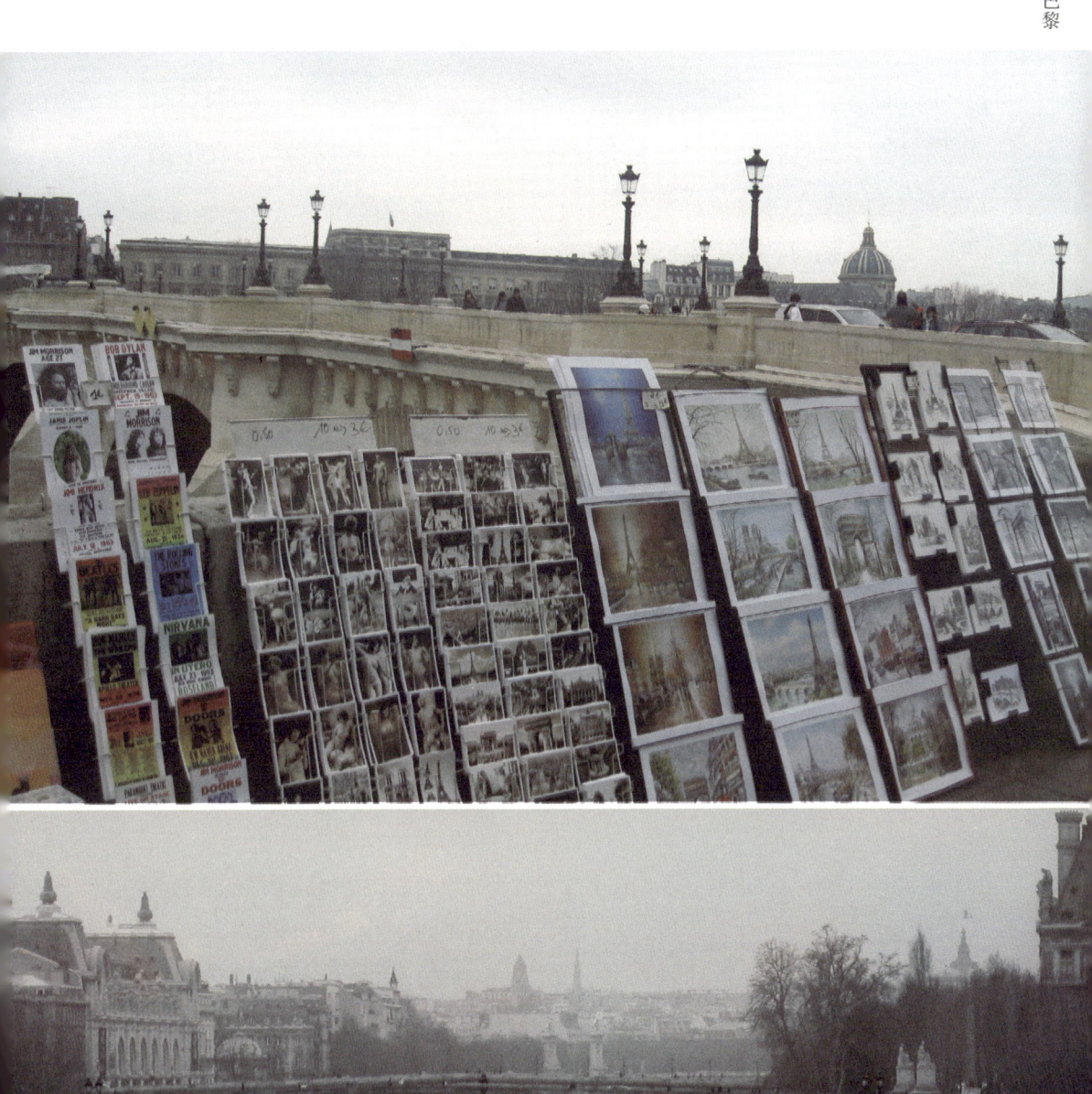

画纸均匀地涂抹一遍。

在中国，我向来谦让别人，在这里也一样。去水房洗笔的时候，我都让着她们。

一旦画起来，我却常常忘记周围有人。

先用铅笔勾轮廓，不满意的地方，用橡皮泥擦掉。这"擦"不像小学生擦字那样蹭擦，而是点擦。橡皮泥也不够硬，不能那么蹭擦。这种橡皮泥其实我也没有，刚才想向艾尔曼买，伊莎贝拉却从她的橡皮泥上揪了块给我。

有个地方需要修改，但我早忘记了—桌上有四个学生，就那么兀自"砰砰砰"地点擦起来。

"你能不能到旁边去擦？"一个脖子上满是皱纹的老太太突然抬起头问我。

其他人立刻停下手中的活儿，纷纷抬起头来。

在国内，我是很在意周围人的。来到国外，却比外国人还随意？

我尴尬万分，却没有立刻去旁边。

记得一个朋友告诉我：即使遇到的头十个人对你都不友好，你也不要丧失信心。首先，世界上不只有这十个人；其次，这十个人，对你来说，不是重要的人。

两堂课中间休息的时候，我们在客厅喝咖啡、吃点心。艾尔曼会把多烤的点心送给学生带回家；这些学生里的一些中老年妇女，也常常带些小吃给艾尔曼。

我们也会在花园里小坐，聊无关紧要的话题。

因为可以随时插班进来，所以大家的课程都不同，画的东西也不一样。当然，画画前，艾尔曼会征求学生的意见。同样是简单的开始，你可以画山，也可以画海。

那个给我让座的大眼睛女孩喜欢画罂粟，那么执着地画。

不同的罂粟——寂寞草原上的一支，庭院斑驳阳光下的几簇，躺在桌上的，插在瓶里的。

她的水平绝对专业，远非这班上永远业余的水平。

她为什么要到这里来？

她估计不会告诉别人原因。她静默，很少说话。

后来，她——茱蒂，离开了绘画班。她喜欢画罂粟的原因，我们永远不会知道了。而我知道的是，我永远也画不出她笔下那样的光影。

我们互留了msn。有几个人，也过来和茱蒂告别。

有个陌生女孩走进院子问："请问这里有老师教画吧？"

艾尔曼抢先回答说没有。

"她干吗否认呢？"我送出茱蒂几步，问。

她笑着说："必须得由熟人介绍才行。"

送茱蒂离开，转望眼前这些人：她们很多人在这里已经学了两三年了，彼此间有了浅淡或深厚的感情。我的思绪，脱离这纷杂的现实——这看起来平和，却也有潜流浮动的现实，徐徐而去。

我最喜欢去看外间画室墙上的那幅画。那画中有树、湖水。但是，它并不是一幅让人安宁的画。那是柯罗著名的《梦特丹芳的回忆》的临摹。后来才知道，那源自艾尔曼青春时的一场风暴。来自叙利亚的她爱上了巴黎的一个画师，而疯狂爱恋的结果是分开。那男人也抛下了画笔。

冷静成熟的艾尔曼，也有过动荡、恍惚的青春。而现在，一切都已安顿下来。她有了她那个年纪难免的肥胖，礼貌待客，却难以走近。也许，她的心灵，对自己都关闭了。

她有个英俊的儿子，在索邦大学读书，偶尔会回来。一次我们小聚时，他去二楼给我们拍合影。我们端着咖啡，在一楼后花园里，向上仰着头。

我们从未见过她先生。女佣人偶尔会出来。

我的生活，在一个完全陌生的地方，涩涩地展开。旧日激情，留它在梦中的延续,将回忆的枝蔓蜿蜒伸展向内心。宁静,狂乱,《梦特丹芳的回忆》。

我要去南部旅行,可手上的画还剩下几笔。

"能把周四的课换到周三吗?"我征求艾尔曼的意见。

"不行。"她说,"我不能为你单独上课。"

我不知要去多久,而且,回来后,画这幅画的心思可能会消失殆尽。我想在走前把它完成。

"我可以另付你20欧元。"我说,那是我一堂课的学费。

"可是你要想想,我这两小时,是教十几个学生的。"

天呀,我忘记了这点,竟然提出如此可笑的问题!我说:"对不起,我没有想那么多。"

我走到前院的蔷薇花下时,艾尔曼叫住我:"明天你早来半个小时。"

"明天?"

"明天我有另一拨学生。"

"既然也是一拨一起学,为何要早来?"

"座位都是满的。"

前院一片蜀葵中有座小喷泉。夕阳下的喷泉映衬着西天的云霞。看着这西式喷泉,我不禁想起圆明园的盛时。艾尔曼的祖先就忍心在那么精美的地方放火?我忘记了,征战和放火总是在一起的。我也忘记了,她虽是法国籍,却是叙利亚人。她的国家,自古就在是非之地。

"大厅四周的喷泉在苏丹接见使节时会流水。"在土耳其参观托普卡泊宫时,导游夏尔肯介绍。

"这么辉煌的宫殿还在意这么点儿水?平时省着,只有来客人时才使用?"我疑惑。

"不是。"夏尔肯笑了,"之所以这样,是怕他们的谈话被人听去。"

托普卡泊宫藏品丰盛,但让我印象深刻的是那把镶满宝石的匕首。那是奥斯曼苏丹玛和穆特一世送给波斯苏丹纳迪尔的礼物。在这礼物被送往波斯的途中,纳迪尔去世。匕首又回到了托普卡泊宫。我第一次听错了,听成了在这礼物送往波斯的途中,玛和穆特一世驾崩了。

"因为这匕首是他的守护神,守护神走了,他就去世了。"我立马说。

夏尔肯愣了一会儿,然后反应过来。"错,错,"他说,"不是他,是波斯的苏丹去世了。"

"送人匕首,那不是杀人吗?能不去世吗?"我说。

我立刻构想出这么个侦探故事:给一个男子,像孩子似的,用着我们早已不用的铅笔盒。有天,他从铅笔盒里拿出把裁纸刀送给他爱的女子:"这个给你。"他们相爱,却不得不分开。几年后,她意外去世。她的房间洁净,几乎无物,只有一把裁纸刀。她的记事本藏在通风口里,上面写着4个字:他爱扇子。

永远地离开。那样,就能永保这爱了。

小说的名字都想好了,就叫:暗示。

托普卡泊宫里让我不能忘怀的还有王子的摇篮。我从未见过那么奢华的摇篮,镶金缀玉,围绕着摇篮里的孩子是珍珠、钻石、财富和皇权。"他们可以用钻石装饰你的四周,但是,这一切填补不了你空虚的心灵。"一个后宫女子对他说,正说中了他的要害。"是的,"他说,"钻石的光芒尽管璀璨,可我更喜欢星星。那是来自夜空的智慧。"那女子原来的身份是奴隶,被改名,改了宗教。而他是过继到叔叔哈里发家的,他的亲父正在边疆谋反……

我的想象纵横千里。

回到现实,巴黎的街灯亮了,照着每人不同的路。

想起看过的小说中各色人等在巴黎的夜故事。

那都不是我想要的生活。

随风流浪

从南部回来，我想，还去不去绘画班？

我在msn上趴着。有人加我。原来是茱蒂，那个消瘦、大眼睛的女孩。

我和绘画班上的几个人，曾互留电话或msn，可从不联系。

即时交流能让人快速走近。"你什么时候来看我？"茱蒂问了我三次，我决定去看她。当然了，人和人都有磁场，相吸或相斥。msn上有些熟人，他们每天都在那里，我却从不和他们招呼一下。

我和茱蒂在地铁奥迪昂站见面。她打扮得很是卡通。

我们去了宝利多餐馆。

木黄色的店面，像时光留白的痕迹。玻璃橱窗里，摆着棕色的长条木质花盆，里面栽种着绿色植物。

不讲究的长餐桌，家常菜。

我曾在这里见过二十多人的聚餐。法国熟人见面，要行面颊吻礼——左右左，夯夯夯，来三下。要是有个人来晚了，站到那堆人面前，他要一个个亲吗？每人三下，得何时才能亲完呀？我和茱蒂并没有亲，招呼一下就坐下了。

旁观别人的生活，有时是很有趣的。

"这餐馆是由奶酪店改的。兰波喜欢来。"茱蒂说。

我想开玩笑，问她兰波是谁。

"海明威是谁？你们满族吗？"在北京，一个人开玩笑地问我。那个大家，我当时以为他比我还寡闻呢？

"兰波不是死了吗？幽灵光顾的地方你也敢来？"我说。

她轻瞪我一眼。

"昨天，我给美国华盛顿发了封电邮。可没有任何反应，为什么？"我把昨天刚听来的美式脑筋急转弯转给她。

"美国谁搭理你呀？"

"我说的华盛顿，是那个去世的总统。"我笑。

"现在这餐馆的来客主要是拉丁区的文艺者，一些尚未出名的人。"茱蒂瘦小，声音却深沉而有磁性。

我看到低低的太阳，带着神秘恐惧的斑点

照亮紫色悠长的寒凝

我想起兰波梦幻般的诗。

这个时代，不适宜跟人谈诗吧。所以，这两句只默想在我心头，如烟般消散在我空寂的心灵。

我后来知道，茱蒂和我可以无话不说。虽然我们见面不谈诗，可在msn上，她传给我她"年轻时"写下的诗。一个23岁的姑娘，和我说"年轻时"。

我们哭泣，那泪水因金黄闪亮而暗淡

直至那真正的枯竭带走生命的刹那

时间唯美地静止

我才疏，不知把她的诗翻译得对不对。但是，总比这个强吧。说是瑞典的一个乡村老师这样给学生讲《西游记》：从前，有个中国和尚去西方旅游，带了几个仆人。怕旅途寂寞，还带了个宠物猪和宠物猴……

我写诗的激情早已消散。

兰波，那是个随着风的足迹流浪的人。其实那是一批人。他们追求太过绚烂的青春，太过个性的生活，因而短暂，像烟火。

宝利多餐馆的右边，是斯戴拉旅店。我望着白色细格的百叶窗时，茱蒂问我在想什么。

"我在想象，你住的地方是什么样的。"

第二天，我看到了：小花壁纸——法兰西式的精致；也是那种细格的百叶

窗，不过是绿色的；小黄格子的窗帘，常青藤爬满了红墙；厨房有彩绘玻璃，日光留下五彩的影子。

"和我的想象有些区别。"

"你想象中，我住什么地方？"

我没有说。

"别总吃比萨饼，我教你做中国菜。"

看她一时没有言语，我说："简单的。"我想到了西红柿炒鸡蛋。

"我可讨厌油烟呢。"她说。

我教她吃方便面。

他们都是那样的人，饥一顿饱一顿。即使空出好多闲暇时间去忧伤，也不去照顾自己的身体，不睡觉，不做饭。他们的身体，也有共同点：消瘦。他们在精神领地里很自傲。

我们也去丽碧街的烘饼磨坊咖啡餐厅。罗特列克的名字开始为我知晓。出身望族的他14岁摔断了一条腿，一年后，悲剧重演，他失去了另一条腿。这几乎不会出现的几率有些玩笑的意味，有些我的风格。我喜欢上了罗特列克。

残疾人多是自卑的，而罗特列克没有。他反倒穿起奇装异服，游戏、愚弄别人。像他的人生一样，他的画充满了幽默。他开始画漫画，开始具备"达达派"的意味。

1886年，从荷兰来投奔弟弟的凡·高，在蒙马特认识了罗特列克，两人成为好友。3年后，凡·高听从罗特列克的建议，去了法国南部的普罗旺斯，开始画他浓艳、绝绝的向日葵。

罗特列克因慢性酒精中毒死于37岁的韶华。绝望饮弹的凡·高，死于相同的年纪。

后来，在阿姆斯特丹的凡·高国立博物馆，我看到了阿尔的向日葵，从那璀璨的黄色中，我看到了罗特列克，那种残缺、绝望的美。也许，向日葵和残缺无关；也许，罗特列克跟绝望无关。但是，我看到了。你从一个人身上读到的，真是他身上有的吗?

我买了印着罗特列克《珍妮·阿弗莉》的盘子，准备带回北京。

我们还去了圣米歇尔的二手音像店，淘茱蒂喜欢的摇滚碟。

我眼睛出了问题，几近失明，原因待查。

医生嘱我静养，不能见光。可我还是跑出去见她了。我坐在出租车上，戴着墨镜，紧闭双眼。我怕去的地方司机找不到，便不停地睁眼。每睁一次，都要下大决心。因为一睁眼，眼泪就哗哗地止不住，即便戴着墨镜。

这女子一定在伤心中，或者，在异乡遇到了不测。我猜那司机会这样想。

浪漫的人，不一定有身份，但起码得有闲暇。这个司机，始终一声未吭。

见了面，茱蒂才知道我这样了。

"医生的话你也不听。"她说。

半响，她又说："我也不听。"

我们去了圆顶咖啡馆。茱蒂喜欢这里装扮成企鹅样的侍者，还有四壁墙上经常更换的巨幅油画。

"听说中国也有个这样的地方。"茱蒂看着那些大石块问。

"完全不同。中国的是自然景观。"

又谈起丽江。不久前，我陪她在卢森堡公园刚刚看过中国影像展览。

时光漫过轻快的下午。

我们离开圆顶，找了一家小馆子吃饭。

窗外颇有寒意了，白白的塞纳河岸，看起来像在雪中。也许，是我眼睛的问题?

我想起米勒。他来到巴黎的那个晚上，天下着雪。巴黎泥泞、污秽。他乘车、步行，一身风尘，看到的却是这样的巴黎。他失望地痛哭起来。

"巴黎如败亡之都巴比伦。"他觉得家乡人说对了。

这是那个乡下少年第一次来巴黎。

前一周，我和茱蒂刚刚去了巴黎南郊的枫丹白露，米勒的画室还在。门铃在

一面灰色的砖墙上，我们按了一下，有人迎出来。里面是一个简朴的小院，没什么花和树。画室分里外两间，摆着众多的风景画，都是米勒后来的学生画的。他们模仿米勒，现在已经成了一个派别。

从米勒的故居出来，我们去了当年他画《拾穗》和《晚钟》的地方，一切还保持着19世纪时的样子。

米勒是成功者，只是他生前并没有得到这一切。1899年，米勒去世14年后，法国人才开始认识到他的价值，他的特展也开始举办。他的《拾穗》和《晚钟》成了当之无愧的名画。一旦成了名画，人们就会把自己的理解加给它，附加给别人。大家张开想象的翅膀，把经验，把哲理，把好多没有的东西加到它身上。其实，一幅画，它描绘的就是你看到的。你第一眼见它时的感觉就是最真实的感觉，那是来自我们内心的温暖和感动。

"枫丹白露，这巴黎的郊外，景色优美。优美的景色吸引了众多画家，来此写生、交流、生活。他们在一个叫巴比松的小山村定居下来。面对着如诗如画的自然，呼吸着清新的空气，这些画家的心灵开始了新的旅行。美丽的自然风光和纯朴的风土人情进入他们的视线，跃到他们的画笔前。著名的巴比松画派开始形成。"茱蒂为我介绍。

"那是19世纪30年代，大革命失败，王朝复辟，政治风云变幻，社会动荡不止，人们普遍想寻求精神上的绿洲。巴比松正是他们寻找的一片净土。"我说，"这些画家摒弃古典主义艺术的做作，也放弃了荷兰风景画的精致模仿，提出'面对自然，对景写生'的口号，走上了以农村真实景色为描绘对象的道路。"

"你行啊。"茱蒂作吃惊状。

"纸上谈兵谁都会。"

关于自己的画，茱蒂从不多说。

她在巴黎，倒没有异乡人的感觉。她就出生在这里，16岁时搬出家，独自生活。

现在的巴比松已经是一个小镇了，因为历史，因为如今聚集着众多的画家而闻名。如今的画家，也过起了体面的中产阶级生活。洁净的石头路面两旁，是一座座二层小楼。每栋楼都很别致，跟其他的绝对不同。楼在庭院中。庭院有花和树，是纯净的自然风光。屋里则吹拂着艺术气息。

茱蒂想要的生活也是这样的吧。

虽然知道我的眼睛此时怕烟，可她还是一根接一根地抽。她自己也意识到了，所以往右边蹭了一下，想离我远些。

她不在乎我。当然了，她更不在乎自己。

"医生告诉我不能抽烟，对心脏不好。"她说，"我心脏先天有问题。心脏

16

导致我的眼底也有问题。医生告诫我不能戴隐形眼镜，可不戴眼镜我无法出门。我就眼睛漂亮，你说我能把它挡上吗？"她笑笑，"按医生说的，我就没法活了。后来，我索性再不看医生了。"

她却坚持带我去看医生，怕我说不清楚，更怕我不去看。

她把我想象成和她一样的人，为所欲为，不管不顾。我早已过了那样的年纪，也压根儿不是那样的人。我一直走在正常的路上，在父母身边生活到高中结束，出来读大学，始终在一家单位上班。可是，我为什么会走到巴黎来，在欧非大陆不停地漂泊？也许，本质上，我们一样？

拗不过，我被她带去确诊，原来是急性角膜炎。

"如果我的眼睛看不见，我就什么都干不了了。我不知自己还有没有勇气活下去。"

"我更是什么都干不了了。我就不活了。"沉默了一会儿，茱蒂说，"我估计自己活不过30岁。"

我感到剧烈的心痛。

茱蒂确实不太会照顾自己。这次，她被办公室的抽屉砸了脚。

第二天，我去看她。

她非要去车站接我。

"反倒让你的脚劳顿。"我说，"知道你坚持这么走来，我就不来看你了。"

她说："我想和你走走。"

我们又走回她的办公室。

3个月前，她穿一身绿，绿衣裤，绿头发，绿眼镜，来这家公司应聘。

"为什么这么喜欢绿色？"负责人问她。

"就是这么穿的，也没想为什么。但人家问了，总得答呀。我说：'我希望自己变成一棵植物。'"

她觉得这样的回答会让人觉得唐突，就又补充说："我是环保主义者。"

17

她回来给一个朋友讲应聘发生的事。朋友看了看她，说："是挺像绿色植物的，还种在花盆里。"那是夏天，她却穿着土褐色的短皮靴。

令她奇怪的是，公司竟然聘用了她。

"我不想应聘时装模作样，过一阵再卸下伪装，露出本性。我就这身打扮，你要么用我，要么不用。"

我在一边翻看ELLE（时尚杂志），一边看她办公。

她和我无话不说，和同事却相对淡漠。为了避免中午和他们一起就餐，她竟连饭都不吃。即使和老板，她也尽量不说话。请假时，会经常托一个还可以说话的同事去请。

"你来，我就可以吃饭了。"出了办公楼，她高兴得哇哇叫。

"你可以去外面认识一些新朋友。"我建议。

"干吗要认识那么多朋友？对我来说，几个就足够了。"

她和父母也一样生疏。她16岁搬出家后，母亲问："你都和什么人在一起？过什么样的生活？"

"我干吗要告诉你呀？"她反问。

她的真实情况，也确实没法和家里说。

她周围有一些艺术小天才，也有一群滑轮党。

"有一阵我们坐在街上，看哪个路人不顺眼，等他稍微过去，就用酒瓶追打。那些人常常被吓一跳，慌忙逃窜。我们在后面哈哈大笑。"

"巴黎会那么没秩序？"

她笑着说："我们很快被拘留了。"

因为不肯开口，警察把他们分开拘禁。冬天，在没有暖气的房间，把窗子都打开，用水桶接了冷水，往他们身上泼。一个孩子的父亲来了，把他们保释出去，请他们在丽兹饭店大吃一顿。吃完各回各家。

"这么弱小的身体，怎么会有那么残暴的力量？"我问道。

"都是荷尔蒙搞的鬼。那段时间，不仅和别人，和自己都作对。"她看我一眼,"你没有被拘禁过?"

她果然把我想象成和她一样了。我看了她一眼,说:"我是个正常人。"

"因为没带护照而被拘禁的,在巴黎可不是稀罕事。"

"我这样子,看起来就不是警察要查的那种人。你堂堂正正走在街上,谁会查你?"

她点头笑说:"警察还得向你行注目礼呢。"

我突然想起来:"在巴塞罗那,我丢过护照。可那晚,警察没有查我。因为我马上去找警察了。"

我短暂地回想了一下那夜的遭遇,喝了口咖啡,然后说:"还有一次在阿姆斯特丹。因为转机,来不及出机场去住宿。虽然阿姆斯特丹很小,但也嫌麻烦。机场的酒店又都满了,我只能在候机楼二层那些大皮椅子上休息。那椅子就像是客机公务舱的那种座椅,可以半放下睡觉。我就把行李缠在脚脖上睡了。因为不喜欢让人看到我睡着的样子,就把帽子盖在脸上。不知睡了多久,蒙眬中,感觉有人摘我帽子。我刚想大叫,突然发现面前站着的是两个警察。他们问我有没有

护照，我掏出来递给他们。他们看了，给我敬个礼："小姐，抱歉打扰，接着睡吧。做个好梦。"

茱蒂在家里，只和表姐关系好。表姐在左岸有个酒吧，她常去那里喝酒。喝多了，就用酒瓶砸人。有限的几个朋友，都不和她喝了。

表姐出生在20世纪70年代，在她眼里已是"中老年了"。表姐一直一个人生活，让她很是羡慕。"你的青春如何？"

"很平淡。有些忧伤。"

她送Les Négresses Vertes（绿色黑奴）的光盘给我。这是个摇滚演唱组合，在20世纪80年代曾活跃在法国乐坛。与一般摇滚的愤世嫉俗、声嘶力竭不同，他们的演唱活泼热情，有地中海风情。当然，与一般法语歌曲的深情忧郁更不同。

她也喜欢Manu Chao（曼吕·乔）、VRP、Noir Désir（黑色欲望）。

在充满破坏欲望的年龄，她也自食其力，在餐馆、花店，好多地方打过工。在巴黎吃薄比萨，都是放在薄薄的木板上端上来，木板的一端，有个握把。有一天，握把突然断了，她吓了一跳，比萨饼甩到了客人脸上。客人大怒。老板让她道歉。她说："它突然断了，关我什么事？"于是，她把老板炒掉了。

在花店，她学了两周就能独立插花了。比她早去一年的女孩，在她离开两年后，还在做粗活儿。

有时她也会缺钱，不得已就向母亲借。母亲每次先问她目前有没有工作。如果有，就多借她一些；没有，就少借。

十几份工作后，她到了现在这家公司。

还是有天分。三个月后，就是我去看她这天，她成了美术总监。

我什么也没说，在msn上，欣赏着她传过来的刚完成的画，我写道："恭喜你成了领导。"

她说："我们俩，你是领导。我都听你的。"

很奇怪，那些性格超常，和周围难融的人，常常能成为我的密友。而同时，那些有成就，却墨守成规，"没什么意思"的人，也常会是我的好友。也许我天生是能让别人掏心的人？

她脚伤了，却走那么远的路来接我。可是有一回，我们差500米就到电影院了，她却坚持要打车过去，因为"快开演了"。

她让我陪她看木偶戏，去巴黎文生森林动物园。

她说她还是最想去看野生的，非洲的那种动物。

我就给她讲东非的马塞马拉——世界上最大的野生动物园。

"有什么特别的吗？"

我突然想到南非："1997年，约翰内斯堡的动物园里，大猩猩麦克斯为保护其配偶，与持凶器的强盗搏斗，光荣负伤。"

她睁大眼睛，继而泪光闪烁。

"动物园奖励给它防弹背心，还有很多香蕉。这个动物园也因此出名。"

她笑了。

"我还去过北非的动物园。"我说，"北非的东方人少。我在动物园时，那些孩子不看动物，却一直跟在我后面。"

她哈哈大笑。

我跟别人讲这些经历，有些人会疑惑。朋友梅森听我讲这段的时候，笑了。她在巴基斯坦也有类似经历。这个梅森，不是我《梅森的蓝色花园》里的梅森，而是个姑娘，真名就叫梅森，和我一样，非常喜欢蓝色。

"你不像是喜欢去动物园的人。"茱蒂看着我，"你这么冷静，不知有没有激情燃烧的时候。"

我一时没有言语。

"淡定的人，激情起来，也许会更疯狂。"

"在认识你之前，我一直不相信'心痛'，以为那只是个比喻。"

她轻笑一下："我的心，天生就有问题。"

"你为何要上绘画班？不是学美术的吗？"我终于忍不住问。

"只因为我的情敌在那里。"

那些面孔一一掠过我眼前。

"可是，你知道吗，我见她的第一眼，差点要笑死过去。他怎么着也该找个和我水平相当的吧。"

"老幼通吃？这班上，除了你，都是中老年妇女呀。"

"你还行。"她说，"年龄倒是次要。我怎么能和那样一个人分享他？我从心里立刻厌倦了他。"

茱蒂很敏感，容易受伤。我回短信晚些，她就会认为："你是不是不想理我了？"

外国人不像国人这样频发短信，只是偶尔发。后来我去希腊，又回法国时，发短信给她：晚上可有时间来宝利多一聚？她马上回信：你这样跟我说话，好像你不是回来，而是要走……

她会说："一天没见你，去哪了？"她会说："突然很心慌。"她会说："你快来看我吧。"

我吸引她，却会让她保持距离。因为我知道，她的深情，我负担不起。

而且，我是一个途中人，没有能力为别人负责。

她是敢于牺牲的人，我不是。我会在闲适的生活里，让敏感、忧郁的心灵变成幻想，在夏日的午后飞翔；而她，会让幻想长出真正的翅膀，也会因某种原因，把这翅膀碾碎，或者，把它做成标本。

其实，我也是敢于牺牲的人。因为埋得太深，不为人知晓。

我和茱蒂无话不谈。也许，因为我们不认识彼此周围的任何一个人，所以能把最真的想法讲给对方。这是旅途知己。

我们也想做此生的知己。为自己担忧，让自己开心。

让她高兴那么容易，几句热切的问候就可以。高兴了，她就会哇哇叫。

她比我小十岁，那么年轻，却有那么多痛。有一阵子，她不能听流水声。她母亲洗澡，她冲进浴室质问："你为什么让水这么响？"然后失声痛哭，离家出走一个人生活。

冒险时代已结束

我再次回到绘画班上时,认识了英国女人安。她随丈夫的工作,从伦敦来巴黎生活。和班上绝大多数人一样,因为在巴黎实在太闲,才来学画画。

得知我住附近,每次下课后,她都主动捎上我。

"那时周末,我常常开车穿过海底隧道,到巴黎购物。我觉得这里真便宜。现在,我在这里生活,眼光也慢慢变成这里的了。"下课后,我们一起去圣·奥诺雷路逛街。她妈妈要过生日了,她要选礼物给她。

她看上了一条爱马仕的丝巾,却在犹豫:"很漂亮,但是太贵。虽然是我妈妈过生日,但这礼物真的很贵。"

而我是这样的人:即使买这件礼物会让我一个月没饭吃,我还是会买。

我想买来送她妈妈,可又怕冒昧。她比我有钱,只是她会计划,而我不会。

有一次,我去她家喝下午茶。精致的小茶具,熟悉的红茶香。和她谈不远处——英吉利海峡彼岸,她的故乡。

她弹钢琴给我听。微微昏沉的下午,不辨音律的我,突然被拨动了心弦。其实是那旋律带出的,我记忆中的歌词:And gather it all in a bunch of heather……

"是《斯卡堡集市》?"忍耐良久,我问。

笑影闪在安的脸上,她点头。

她实在是高兴我能听出这旋律:"那么,我再弹一遍。"

"Are you going to Scarborough Fair……"我被这迷人的旋律紧紧捉住,进入它引领的眩惑。也许这只是我的想象,我把莎拉·布莱曼那女神般的声音铺展在这黑白两色的琴键上。

"Are you going to Scarborough Fair……"它将开始,它将带入,因而它玄妙

无比。像我不停的出发，像美妙的初始，像伊斯兰星空的新月。

安静、美好的开始，静秀的，舒安的。

是啊，只有开始多好啊。人生若只如初见，何事秋风悲画扇。

"你知道这歌词吗？"安弹罢，我问。

她写给我。

"Parsley是什么？"

"这个你不知道？"

我摇头。

安解释了一会儿。

"就是persil。"她突然改用法语。

我立刻明白了。浸润在法语的语境里，一下子搞不清Parsley是欧芹了。

像是人的另一个面目。

"歌词，就是简单的这些？"

"对呀。"

这么朴素的字词，怎么会让我感觉到那么烈的浓情？

也许，我是把自己的情感包含在这歌里。可是，我没有跟这歌相关的回忆。我记得的只是这歌。也许，我想要的是更多的什么：未知的、神秘的、永不会结束的。

歌的本身就包含了很多！我突然看出来：让她替我缝件麻布衣衫，上面不要缝口，也不要用针线，她就会是我真正的爱人。

叫她用一把皮镰刀收割，将收割的石楠扎成一束，她就会是我真正的爱人。

没有缝口的衣衫？用皮镰刀收割？

我想到大学时代，一个男生对我穷追不舍，使尽了各种办法，却终不可得。别人也试，未果。这使得他很困惑："你想要的，到底是什么样的？"我说："不能太冷，也不能太热，不能忽冷忽热，也不能不冷不热。""这不是在大海里架盆火吗？"那男生说完，再不来烦我了。

其实,那并非完全是借口。我想要的,是有难度的爱情,轻易得不到的那种。

经安的介绍,我才知道,莎拉·布莱曼把she演绎成he了。这歌的原主人公是个男子,是他在问:"你是要去斯卡堡集市吗?代我问候那个人,她曾是我的挚爱。"

"这是一首古老的苏格兰riddle song(迷歌),他对那女子为什么离开毫不知晓。"安说着,又在琴键上弹了几个音。

"也许是原因太过复杂,反而不能言说。"我道。

"可能是这样。"

斯卡堡集市,我有了跟这歌有相关的回忆。

"你是要去斯卡堡集市吗?"是的,它将开始,它将带入。虽然它带入的是一个故事的终结。可是,分开就是结局吗?波涛已息,牵念却不止。轻轻地问一声:你是要去斯卡堡集市吗?代我问候,曾经的爱人。

我和安,两个隔着年纪、文化、经历,隔着更多东西的女子,在这初冬薄暮的异乡,找到了相交的记忆。

在安的家里,更多时候,是我们偎在沙发上,各看各的书。

有时,我从书中回到眼前的现实,为这有些奇怪的处境感怀。她该是更热情一些的,端上点水果、坚果,跟我交谈些什么。而此时,好像请我到她家的是一个人,接待我的是另外一个。

也许,她把我当自己人了。也许,她实在是应了这异乡的寂寞,而需要人陪伴。

也许,她和伦敦一样,是矛盾的。白天冷漠,晚上热情。

也许,她和英国的天气一样,多变。她请我来的热情,在接待我的时候,已经杳然远离。

我偶尔也在她那里画画。

"我丈夫总是蔑视我,说我画一千年,也成不了气候。我说我只是欣赏下的消遣。他说：'你的欣赏水平，也是小资得庸俗，没有力量。至多也就是喜欢苔德玛的那种。'说真的，我不喜欢那个荷兰人的闲适、精致，还有抒情，对逝去光阴的追忆。我更喜欢的是法国的雅克——跋涉、征战、抢掠。我觉得自己的血液里流淌着维京人的血，冷，却坚韧；不容忍男人的怯懦；渴望和所爱的人一起去新世界冒险。"

"曾经有一段时间，我想象自己生活在中世纪，女扮男装出去旅行。到处都是黑店，不小心就会丢性命。但我是幸运的，总会有教堂的温暖灯火迎接我。"她的神色向前，沉湎于那并不存在的、消逝的旧时光，"也许，冒险的时代已经结束。我从英国，到了这里，除了寂寞，好像并没有别的。也可能，我该走得更远。"她笑了一下，脸上生硬的表情并没有改变太多，"最可笑的是，我和他多么相近，他却从来不知道。"

她说着，起身去开灯。灯亮了，她的话结束了。

也许，她要和我说得更多。但是，任何交流，都有它停顿的关口。也许，她那天是实在无法忍受了，才与我倾诉。

这是极偶然的情况，好像只有一两次。基本上，我们在她家，各做各的。

就像夫妻、朋友，不深入交流就可以在一起；只在一起，说些无关紧要的话，消磨着静寂的人生。不交流，也可以在一起。

也许，她太想倾诉，因而默然。

关于她和她丈夫，我所知甚少。但很显然，他不在她心中。

不知道有谁曾经或现在还活在她心中，不知道她有过怎样的故事。现在，我看到的只是比"苍白更白的浅影"，那也是莎拉·布莱曼的一首歌，"虽然我的双眼睁着，但也有可能，它是闭上的。"

安有着大大的灰眼睛，身材高大。

得知安喜欢中式衣服，于是我送她一件。

"是我临出国前,一个女朋友送的。"怕她有所忌讳,我又说,"崭新的,没有打开过。"

我说的是实情。

"朋友给你的,我拿了多不合适。"

"我回国还可以再跟她要。"

她高高兴兴地拿走了。

第二天,她退给我:"我穿不下。"她做个动作,两个盘扣要越过一只手掌的距离,才能扣到一起。

其实我可以因为她或许夸张的动作而哈哈大笑;即使不笑,也可以装笑。我可以顺势把衣服拿过来,在她向我伸开的手上,夸她:"你看起来那么苗条。"

可是都没有。我迟疑了一下,接过衣服,带着自己都可以感觉出的尴尬。太突然,太意外了,我陷在中国式的思维里:即使你压在箱底儿不穿,即使你另送他人,哪有把礼物退回来的?

我面露愠色。

"我穿不了,却留下,就浪费了这衣服。"她解释。

我没再说一句。

我们都感觉到了这闪耀在彼此间的尴尬。可是,不需要再说什么了。

那天,她说要送我回去时,我笑了笑:"我搭伊莎贝拉的车。"

也许，那是命中所定的缘分。我正看《新上海滩》，和旧版一样，许文强拿着那领结问冯程程，不屑地（装作不屑地）问："你是不是特喜欢送礼物给别人呀？"

许文强接受那礼物了。可是，他没戴。

安接过了我的礼物，又退还给我。

"我要走了。"第二次下课时，她说。

她装作无意地瞄了我两眼，用不经意的神态询问。我装作没懂。也许，她也识出了我的伪装。

那之后，下课她回家时，再也不说："我要走了。"

没出一个月，在绘画班上，再也看不到安了。难道是我伤害了她吗？我想不会。她那么冷硬，是不会被这种小事挫败的。那么，是她丈夫又说了什么，终于让她放弃了？

我也反思自己。这么做是不是太不大度了？因为要维护自己的自尊，反而伤害了别人？也许，我潜意识中把这当成了一个导火索——结束了我们那冷淡友情的导火索。

也许，那么冷的她，只能用这种方式表达友情，不会像茱蒂那样和我说动听的话，挽我的手臂。她也过了那样的年纪。可她的云淡风轻，我真是消受不了。我也没有时间，陪她那么淡言寡谈。

我不知道，那次的退还，是否也暗示着一种结束。

也许，她只是喜欢唐装，穿上一看，却发现并不适合自己，就像有些洋妞穿旗袍一样可笑。可能，如果我们穿上维多利亚时期的洋装，在她们看来也很可笑吧？倒是现代的服饰，适合我们大家。

不管怎样，都再见了。

再见了，安。我会偶尔想起你。

看上你的稚拙

在这家叫"玻璃杯"的小咖啡馆里,我们张挂自己的作品。

街角那家咖啡馆的藤椅,还像夏天那样,摆在室外透明的玻璃窗下。秋天一来,巴黎的咖啡座大多进屋了,但仍有人偏好室外,夏天剩下的座位,就为他们保留。

"伦敦这点就不能和巴黎比,动不动就来一阵雨,咖啡座不能这么放室外。"安有一次说。

不太和谐的朋友,回忆起来也是异样,和陌生人总是不同。

穿丝袜、着裘皮的女郎,轻俏地走过窗外鹅卵石路面的清冷小巷。下午4点的一抹斜阳,穿过两栋灰色的17世纪建筑的间隙,一瞬间,映亮她。

对面有家人,正用吊车从窗子里运家具。巴黎寸土寸金,门都是小门。门脸大,是要多收税的,店铺饭店都一样。所以他们的窗子大,从大门过不去的,就走窗子。

春天在不远处,我从屋里就能眺望到。

那些穿高跟鞋的同学,也许看得更清。但也可能,她们对此毫无觉察。在北京时,和一个女友去郊区办事。"树都绿了,你看!"我惊喜着,她却颇有些诧异:"你还对这感兴趣?"那是个经常让人觉得整过容的真美女,如今忙于生意,只残剩"招待客户"了。

老旧的木桌上铺着简朴的红格桌布。穿着隆重的女人们,有几个在薄裙子外围着织锦或是毛皮的披肩。

"在这里展览,不要钱吗?"我忽然想起来问。

原来这咖啡馆是伊莎贝拉的。那么,大家就更是怡然自乐了。

冷寂的街巷，热闹的小馆；幸福的中老年女人，适合听蔡琴的人。但转念一想，好像又不适合。中国的中老年，思想日渐清淡，外国的，则更趋热烈。这从着装就能看出吧。不过，安除外。我想，她年轻时可能就看不出激情。别人眼里的我，没准也如此。只用眼睛看人，都是看不准的。我们永远也不应被简单划分，哪国人中都有总体，也有异数。

平时被我们铺展在略显拥挤的桌上的、夹在画架中的那些习作，一旦装裱起来，还真挺像回事儿的，仿佛是在画案上激情创作出来的。我那幅《塞纳河岸的树》，树画得太高，都冲出预先打好的围框了。更要命的是，我画得高兴，竟把那冲出画框的树也上了水彩。有那么几天，我一看到这画，就懊恼万分。很好的一幅画，因为这点，得永远藏起来了。可没过几天，我游戏的天性出来了。我想，就这么着，看别人怎么反应。这树觉得我给它的天地太小，想出去，那我有什么办法？

不过，去装裱时，我还是跟店里的人说明了情况。侍者一看就明白了：放心，装裱完就看不出来了。

他怎么一下子就能明白？莫非其他人也常画出框？

装裱，那总不能是简单地用画框框住画吧？那天打车回住处时，我特意没要拎袋，就那么抱着回去的。但白显摆了，一路上，竟没一个人问我。可能在巴黎，这太平常了。

"库尔贝真不像法国人。他给不了你想象、梦。他给你的只有真实。"

"他是农民的儿子。"

"卢梭的视野，也在自然中。"

"洛特雷克的画，倒是让人一眼就能看出巴黎。"

"红磨坊的舞会。"

我们没有水平，至多能看懂所谈的那些画。所以，我们只谈这些，轻松的、优雅的、中产阶级的。我们不谈毕加索，不谈马蒂斯，不谈蒙德里安。

我想了一会儿罗特列克。不知是因为茱蒂的介绍，还是他的本性就吸引我——看似放纵，却那么冷静。

虽然小，但这也是展览，所以艾尔曼要有总体考虑：挂谁的、哪幅作品。其实，我们很多人都画过相同的画。也不能说相同，是同一个蓝本，但我们最后完成的，却是那么不同。人生也一样，初始，都是一张白纸。

我看着自己的三张画挂在古旧的墙上。我想象那是遥远的时光。遥远，苔德玛《期盼》中的希腊女子、拉斐尔《骑士的梦》中那持花的女子、布朗《向英国做最后告别》中的默然女子。那是我关于自己和遥远的想象，一杯咖啡后的幻想。那是我穷此一生都达不到的功力。所以，我的画，只有风景。

人都走了，只剩下这风景。

昨天，刚在中央4台看过马坝人的介绍。有这么一句台词：转眼，几十万年过去了。几十万年啊！

时光流去，咖啡冷却。

见过像喝水那样喝咖啡的人吗？

艾尔曼说有位先生找我时，我不知自己的想象该往哪里走。

北非某国的某天，我从自己的住处出来时，总是没人往来的门前，突然站了一个阿拉伯男子。"下午好。"我道。他不知所以。"有什么事吗？"见他往我的院子走，我便继续说，"我住这里。"他不懂我说的法语，依然往前走，按响我的门铃。直到今天，我也不知那个只能讲阿拉伯语的人到我那里是为什么。

无论我如何想象，也想不到这个想找我谈谈的人，这个杜邦先生，是想买我的画。一瞬间，我只觉得：这是个玩笑。

"太紧张的东西，我不喜欢，也不是艺术。"我们坐在"玻璃杯"里，他说。

"是不紧张，太轻松了。因为它就没有表达什么。塞纳河畔、树。太空洞了，以致缥缈。"

"这足够了。"

"它太少色彩，只是一片灰绿。"

有故事的法国

"法国从来不缺少色彩。"他说,"我对你一无所知,但我觉得,你和这画很像。人淡如菊,却充满温情回忆。我看过无数人画的塞纳河,可没见过这样的。"

"是没有过。那是永不会出现的风景。一个东方女子关于旧日塞纳河的想象,可能是看过的哪本书吧:周末去塞纳河游玩,秋天的萧索,晚秋的小花,一截没有吃完的巴盖特(长棍面包)。"我说。也可能,其实并没有那本书,书只是我的想象。

"没有你说的那么落败。"他微微笑了,"当然了,看和什么比。和列维坦《春天的潮水》比,它是灰的。"

"喜欢那画。"我说,"清新,像少女的眼眸。"

"你的画也深触我的记忆。"他喃喃自语,"衣影,斑驳的阳光。"

是衣影,我想。因为我不画人。我对画人的精致面貌了无兴趣。因为一瞬间,他就可能是别的面目。

他笑:"还有一截巴盖特。我从未在谁的画中,在草地上看过巴盖特。"

小时候家里穷,连巴盖特也吃不起。或者,战争期间面包定量供应,就偷藏起来一段,去河边吃,结果遗失了。我想象他的故事,回忆起米德——傻傻的孩子,偷了糖,却藏到鞋子里。他那么闹,被父亲绑在了树上。

"如果它也深触你的记忆,或者,你有它用,那另说。我不会强行买它。"杜邦先生说。

"没有没有。我实在是觉得它太拙劣。"

"是稚拙。"他纠正我,"也可能是因为稚气吧,才触碰到我的记忆。或许,在童年,我真的在塞纳河见过这样的景致。更可能的是,在童年,我画过类似的……"

"没问题,可以给你。"我说。

"我想给它另外的名字——《塞纳河畔树的回忆》。或许,这树记得我。"

这棵高的"伸展"出去的树,被装裱回来的树。

"当然,名字不能改了。但是,我在心中,可以这样叫它。"

可能,我们带回去的不是我们眼中的那个,而是想象中的。有些像婚姻,买椟还珠也很正常。

会不会哪天镜框碎了,他看到了这棵树的"原貌"——竟出位这么多!?

命定的独特,他会不会这么想?

我约茱蒂出来,急三火四讲完杜邦的故事,然后说:"这真像个笑话。尤其是跟你——一个美术系毕业的人来说这个。"

"你总忘记这点——我没有毕业。"她纠正。

"你那么想嗣业,别人没办法。"

"残酷青春的代价。"她呷了口酒说,"我们当时一起厮混的人,后来有在蒙马特小广场上作画的。刚一个星期,就被一个意大利画商看中了。现在已经小有名气了。"

"那不奇怪,"我说,"在一个小咖啡馆,看上幅拙劣的画,就奇怪得接近玩笑了。能看中我画的人,不是特有钱没处花了,就是傻瓜。这两种人,都可以把你的画卖给他。有了钱,咱们赶紧出去玩。"

当年和茱蒂一起厮混的一些人,脱离了他们的圈子后,突然变得有名了,都

办画展了。茱蒂前一阵跟我说她很是焦躁。我劝她静心:"你还小呢。"

"不会是看上你的人了吧?"茱蒂突然用眼睛斜我。

"瞎说。又不是我的个人画展,没有我的照片在资料上。"我说,仿佛有天真能办个展似的。

我再三劝说,茱蒂终于同意,把她的画拿给杜邦看。

杜邦丝毫没有我们第一次见面时那种沉浸在过去、祥和的神情。也许是因为中午的急躁,也许因为打断了他计划中的商务午餐,他看起来很生硬:"我对画一无所知,也不再感兴趣了。"

"是看过我那幅画以后?"我问。一个人,会变得这么快?亦或是又被我伤害了?

"不不,我是说整体,我这个人。"他看了我一眼,"你那幅画是个特例。我从那稚拙中看到了自己的童年。生硬的、小小的倔强,也有些新鲜的东西,是我从来没有想过的。"

就像我,一直不觉得儿童画有什么值得欣赏的地方。可是,认识一个小姑娘后,我开始理解孩子的梦想了。我看到了画中的翅膀。

杜邦走后,茱蒂问:"你的画最后卖他多少钱?"

"我最怕和人谈钱了。而且,我始终感觉这像个玩笑。如果是熟人要,拿走就罢了。突然进入商业,哈哈,我哪知道怎么要价?"见茱蒂恨铁不成钢,恨我不争气的样子,我说,"他也可能没有真心要买。他有真心,直接出个高价好了。"

"最后没卖成!?"

"画他拿走了,钱没给我。"

"什么?欺负你?那我可不能饶他!"

"是我坚持不要钱的。"

"真够缺心眼的。"

"这样的画卖给人家,实在让我有愧。"

"买卖就是这样,一个愿打,一个愿挨。"

"我不能卖他,只能送他。"我打定主意,好像这主意现在还有用似的。

"那他也没什么表示?"

"他请我吃了一顿饭。"

"不行不行,绝对不行。"茉蒂说,"我们得再约他出来,猛宰他一顿。"

班上很多人都知道我卖出画了。艾尔曼颇为得意。

"不是,是他看到了地上的那朵落花。"艾尔曼说,"你们很多人都画过那幅画,可是,你们只画了花树,没有人画落花。那落花,"她摇头,"真让人怜惜。"

"我可以在地上画几朵落花吗?"我记得当时征求艾尔曼意见。她说:"可以呀。为什么不能呢?"

落花、草地上的巴盖特,那是我个人喜欢的小细节。

可是,艾尔曼记错了。我"卖"出去的,根本就不是那幅画。

"你那画,到底卖了多少钱?"班上几个人问我。

我笑而略之,始终没说。

只此一次

库尔克娃是捷克人，长得比安还生硬。因为她太生硬，所以我叫她库尔。

库尔和班上的人几乎都不说话。

我最擅长和这种人打交道了，我主动去靠近她，不过也确实有问题向她请教。

出乎我意料的是，她请我去家里。

"她真的很冷漠。自己的故乡，她都再没回去过。"班上以前有人告诉我。我后来得知，库尔这样，是因为她的父母、姐妹都已去世，故乡已经没有亲人了。

快到库尔家时，我发现自己的蓝裤子上有一小处咖啡痕迹。这样会不会被她笑话？可是回去换衣服的话，又担心迟到。我左右权衡了半天。结果到了她家，她根本就没注意。她一共看了我两眼，神色遥远、冷漠。

库尔住3楼，就是我们中国的4层。因为巴黎的楼房是从0层开始的。楼梯是那种旋转式的，走廊暗黑，让人有些眩晕。直到进入那欧式白色调的房间坐下，我才有踩到踏实土地上的感觉。幽深、曲折，而终至舒朗所在，这也像库尔的经历吧。父母、姐妹，所有的亲人在她不到20岁时相继去世。可以想象，有怎样的一段黑暗伴着她。她后来留学来法，嫁给了一个法国人。

库尔还没有吃早餐。她去厨房高高的瓷罐子里拿饼干。

我倒是个自来熟，自己跟进了厨房。我要是再生硬、拘谨，把自己束在她家客厅的沙发上，那就没有接近她的可能了。

"吃早餐了吗？"她问。

"吃过了。"我说。

她便不让我，自己吃。

"吃过了,但是我也可以尝尝你家的饼干。"我不想这样过于随意。

她又给自己倒了杯牛奶。

我看着楼下:公寓的小花园,沙地上有几处花丛。欧洲的很多公园都有沙地或砾石路。走在那里,会想起从前看过的外国小说。

窄巷的对面有一家面包房。暗绿色的窄门内,一定飘满了香味。

库尔坐下来,提了几句她亲人的事。

我想起伊本·赫勒敦,一个生活在几百年前的突尼斯人。他50岁时移居"宇宙大都市""世界花园"——开罗,在那里博得名利。他深得埃及苏丹的厚爱,做上了万人景仰的首席法官。1382年离开故乡去开罗时,他把妻子和五个女儿都留在突尼斯。3年后,他觉得该和她们团聚了。但是这事必须要征求突尼斯苏丹的同意。"伊本·赫勒敦在开罗,一直称颂你崇高的美德。"埃及苏丹递话给突尼斯苏丹。突尼斯苏丹答应了伊本·赫勒敦的请求。那该是多么值得期待的时刻啊:久别团聚;妻女来到他成就梦想的地方,看到他在这辉煌的都市里,一言一行,都会影响众人。守候是值得的。

可是,她们并没有看到这一切。载她们来的船在尼罗河沉没了,六个女人,无一幸免。

伊本·赫勒敦,这个大法官,没有从丧失亲人的痛苦中走出来。

"他们的去世,给我最深的感触就是:人生短暂。是的,人生太短,所以,我没有必要把精力浪费在不值得相处的人身上。"库尔说。

我突然想到,她之所以讲到去世的亲人,就是为了告诉我,或告诉别人:"我没有必要把精力浪费在不值得相处的人身上"。

我一时不知说什么好。我没有去想自己会不会成为她的朋友,但这样的告白让我不太适应了。

什么样的人是值得她相处的呢?她能请我到家里,该是觉得我能做朋友吧?我想象她突然露出难得的笑容:这些人当然不包括你。

当然,她没有说出我想象中的话,但是她的话已经让我如坐针毡了。她说:

"周围的人,基本上是不值得做朋友的。"

可她为何还请我到家里?是给我上课吗?那好,我就要听听看,她到底能给我讲些什么。

"我这人说话就这么直。我的父母、姐妹……是生活的经验让我这样的。"库尔说。

我实在想不出哪些话或哪句话,是我此时能说的,我甚至想一走了之。还好,我善于坚持。我虽然向她请教,但也有一丝我个性中的漫不经心。这样,即使被人拒绝,也没什么,是她请我到家里来的。

她教我的时候,倒是非常认真。我说得不准的地方,她一一纠正。

我去布拉格时,听到好多捷克语,我向她请教这些词正确的发音和意思。

我看着她,想起卡夫卡的故居——那个黄金巷22号,水蓝色的小屋,现在是个小书店。我们这些满怀热情而去的人,遇到的是店里一个冷漠的姑娘。

除了这些请教之外,我和库尔没有再谈别的。她想说的都说明了。我的理解是这样的:我虽然在家里接待你,但我的态度是只此一次。

人的生活和她选择的东西是这么像。我突然发现,这客厅的画那么具有拜占庭风格——冰冷、呆板、生硬。一个人选择的东西,组成了她的生活。

我起身,看了一眼这公寓。我知道,我永远不会再来这里了。

我站在楼下,抬头向上望。只要我稍微想一下,就可以辨认出库尔的家是哪个窗口。可是,我不想再记起了。我把那写着她家门牌号的纸条撕了,揣在口袋里。

现在,我已经忘记了。人要学会遗忘。

这灰色的公寓,随着我的脚步,慢慢向后退去,淹没在这狭窄的街巷。

慢慢地,鹅卵石路换成柏油路了。寂寞深巷、冷清新月,立刻变成喧嚷大街、璀璨灯火。灰公寓、小街巷,它们向后退去,淹没在巴

黎的繁华与茫然间。

突然间，一曲《秋叶》不知从哪里似有似无地响起。那是Yves Montand（伊夫·蒙当）所唱的香颂名曲，电影《夜之门》的插曲。

夜之门，Les portes de la nuit。

夜，完全不同的一个世界。我们借由各种路途到达。

我放着北京的好日子不过，到这里是为什么呢？我突然想到了奥威尔。他放弃伦敦的优裕生活，跑来巴黎体验底层生活，忍饥挨饿，受尽屈辱。他的《动物农庄》《1984》为众人所知，而我却独独忘不了他的《巴黎伦敦落魄记》。在巴黎，每次我把小费放在桌上时，总是想起他描写的那些侍者。

我换了心情，在街角咖啡馆的室外坐下。

巴黎人浪漫，有些情侣走着走着就会亲吻起来。但年纪这么大抱在一起的，倒不多见。我马上听出了，这是久别重逢。

刚才拥抱的人，现在已经挥手告别了。

"小姐，我能请你喝一杯吗？"刚才与那个女人拥抱之后分别的男人，走到我面前，异常兴奋。怕我误会，他马上说："没别的意思，我是太高兴了。"他指给我看华灯下那个女人的背影，"姑娘，你知道吗？你相信吗？过了20年，我又遇到了她。20年哪！我就在这里开这家街角的咖啡馆，从来没有离开过。因为，我怕哪一天她会经过。上帝，上帝啊，她真的来了。"

"你一直等她，没有结婚？"

"不，我结婚了，可结婚说明不了什么。她在我心里，从来没有一天忘记过。"

久别重逢，会有什么留存吗？

我想起那首歌——

我们的爱还剩下什么

除了那张略有温度的票和4月的约会

爱情余烬，Que reste－t－il de nos amours。

有故事的法国

告别后，会走多远

我可能很长时间不会到巴黎来了。我和茱蒂告别了几次。

最后一次，她从她大得夸张的布包里，拿出一个本子给我。我说布包大得有些夸张，是她本人只要稍微缩一缩，都可以被装进去。

我匆匆上了公共汽车。我们都怕迟缓的告别让人难过。

我表现得尽量平淡地接过那本子。现在，公车上几乎没有乘客，售票员已经睡着在公车上。我把本子拿出来，打开，眼泪慢慢滑落。

那是个特制的手绘本。米色的纸上，细腻的钢笔画。有的占了满满的一页，有的只在边角描绘，给我空出记事的地方。这里画满了她的梦想和哀伤、期盼和祝福。

"没给别人画过？"我发手机短信给她。

"只此一本。"

"我该把什么样的东西记在这么精美的本子上？"

"你随便记。用完了，我再画，寄给你，不论你在哪里。"

车窗外，几个滑轮党快速驶过，也有摩托震天响，比汽车声都大。在阳光照耀的塞纳河岸，勤快的街头画家，打开夜晚锁在那里的绿色铁箱子，把里面的画一一铺在地上。花店的伙计，开始把小小的盆花摆在一层层的木架子上。

茱蒂，和你相关的一切，我都会记得。

车经过奥赛博物馆——那是欧洲最美的博物馆。也许一辈子，茱蒂的作品都不会被收进去。但是，它可以存在一个人的心里，永远。

第二章
伊拉克姐妹

有
故
事
的
法
国

索尼亚是我在巴黎时的同学，我们同在一个玻璃工艺房里学做手工。来自伊拉克的她，嫁给法国人米歇尔后，成为专职太太，每天接送两个女儿上下学（中午要回家吃饭）。此外，还要送大女儿去绘画班，送小女儿去钢琴班，其他的零散时间，她安排自己的生活。

我那时刚到巴黎，不太会说法语，喜欢与说英语的人交往。来自伊拉克的索尼亚便率先与我交往起来。

她周围有很多说英语的人。她们聚会时，她总拉上我。

有次，她说准备在家里搞个特别的午餐会，来自各国的人，分别做自己国家最著名的菜，或自己最拿手的菜。我觉得这主意不错，便特意去中国商店，买来中国调料，欣然前往。我去得早，又闲不住，就率先动手了。一会儿，索尼亚告诉我，英国的某某有事不能来了。我没当回事，不来就不来呗。一会儿，索尼亚又告诉我，菲律宾的某某有事不能来了。我说没事，来几个人，咱们就几个人吃。结果，那天谁也没来，我一人做了一桌子中国菜，而她平时从不回家吃午饭的丈夫竟然回来了。

是怕这一桌菜两个小孩子难以捧场，才把她丈夫喊回来的吗？那时我还含蓄，不喜欢直接问。

难道是为了吃顿中餐，骗我说有聚会？后来我说话处事直接了不少，可还是没有问过。

我觉得不至于。她这个小康之家，不在乎这点钱。而且，巴黎吃中餐很方便。尽管这样，我心里还是很不舒服。

这也是和索尼亚交往这么久，唯一一件不开心的事。

索尼亚经常邀请我去她家玩。在下午的客厅里，她经常给我讲她的故事。

1982年之前，伊拉克女人只允许和伊拉克男人结婚，其他穆斯林国家的男人都不行。1982

年之后，情况发生了惊人的改变。"有门路的女孩纷纷嫁给了外国人。"在一些外国人的聚居区，那些有了洋女婿的女人，出门见了邻居，互相都这么问："你女儿嫁给了法国人？""你女儿和中国人结婚了？""你女儿找了个意大利人？"穆斯林的女人，喜欢穆斯林世界之外的男人，因为穆斯林的男人们"要求你着装，要求你待在家里，要求你生一群孩子，要求你做所有的事情"。

偶尔，索尼亚的丈夫米歇尔回家，发现餐桌上什么都没有。"吃空气吧。"索尼亚说，她丈夫就无奈地耸耸肩。换作是阿拉伯丈夫，这事情就大了。

今天，阿拉伯男人也更愿意娶非阿拉伯女人，因为"她们除了爱以外，并不要求别的"。而对方如果是阿拉伯女人，首先，她的家人这一关就非常难过。她父亲会问："有房子吗？""没有。""有车吗？""没有。""有养活我女儿的钱吗？""这……"什么都没有，一边歇着去吧。

索尼亚和她姐姐热米娜一起在英国念的大学。之后，她在伊拉克的一家意大利公司工作。她有一个女友，因为家里不放心她单独和一个外国人在一起，这女友约会时就总叫上索尼亚。索尼亚因而认识了她男友的同事，也就是她现在的丈夫米歇尔。那时，索尼亚25岁，米歇尔28岁。

虽然原则上说，一个外国男人只要他改信伊斯兰教，就可以娶伊斯兰女孩。但实际上并不是那么简单，尤其是在伊拉克。

"只要萨达姆一天还在台上，我就一天不回国。"索尼亚离开伊拉克前说。她只能那样，因为嫁给外国男人、出国定居的，就不允许再回到伊拉克。那是

有故事的法国

1986年。18年过去了，索尼亚再也没有回过她的祖国。而她美丽、富裕的国家，也变得满目疮痍了。"萨达姆坏，但是美国人同样坏。"

索尼亚跟米歇尔去了迪拜。她姐姐热米娜后来也去了那里。她姐夫哈利姆在那里有一个服装加工厂。热米娜有一个幸福的家，虽然丈夫比她大17岁，但是他不霸道，孩子又聪明伶俐，生活很富足；菲佣玛丽会把什么都打点得很好，家务基本不用自己操心。一个伊斯兰女人，还能有什么更多的要求呢？玛丽22岁，虽然已是一个孩子的母亲了，但仍美丽乖巧。热米娜把她当成女儿一样看待。

有一天，邻居告诉热米娜："我听见你丈夫对玛丽说：'你喜欢什么，我都会给你买。'"热米娜没把这话当回事。他们待玛丽如自己的女儿一般，经常给她买礼物。"你可得小心一点。"邻居过一阵子又提醒。热米娜说："不可能，不可能，你也不看看哈利姆，头发都白了。"

然后，有一天，哈利姆自己突然叫起来："玛丽不好，让她走吧。"

热米娜去问玛丽，玛丽哭了。原来，哈利姆想跟她上床，她拒绝了："我把你们当成我的父母。"他勃然大怒："不对你有想法，我为什么给你买东西？"他说："我有钱，我想得到什么，都能得到。"他扑上来，她把他推开，然后，他就开始大叫。

热米娜气坏了："你也不看看你的白头发！？"

"我有钱，我愿意做什么，就做什么！"

"从今天起，我不是你妻子了。"她说，撸下手上的钻石戒指，扔到马桶里。"你真脏，让我恶心。"热米娜鄙视地看了他两眼，冲了马桶。

热米娜开始失眠了，每天凌晨3点才能入睡，6点就醒来。她不知如何面对这样的生活。结束，然后重新开始新生活？她没有勇气，更不知道未来如何。她开始乞求安拉，她希望自己的丈夫和玛丽没有那样的关系，她希望他和她不认识的别的女人也没有。哈利姆用鼻子哼哼着，根本没把热米娜的发怒当回事，索性比从前做得更过分了。热米娜便开始求安拉降罪于他。

两个月后，他开始一根接一根地吸烟。热米娜忍了半天，最后还是去问他怎么了。他拿出医院的诊断书："看吧。看吧。"他得了骨癌，已经扩散了。他化疗了一段时间，头发都掉光了。他开始哭泣："我错了。我会改正的。我会带你去巴黎。你想要什么我都给你。你每天都念经，安拉会听见你说的话的，你帮我求求情。"

可是，一切都太晚了。

他一死，热米娜以为一了百了了。有足够的钱，她会自己带孩子平静地生活。然而，他欺骗了她。从前，他只给她现花的钱。"多给你钱，你就会给你父母寄去。"他根本就是欺骗了她。他银行的账户上，一分钱都没有了。这怎么可能呢？怎么可能呢？

原来，她以为他忙于工作的晚上时光，但他一直都和厂里的一个中国女孩在一起。"她要什么都给买。"和热米娜撕破脸后，他更是肆无忌惮。最后，他的财产，都到了那女孩的手里。更过分的是，他连老婆孩子的住处都没给留出来。他去世后，公司来收他家的房子了。他是服装厂的最大股东，却不是服装厂的拥有者。另外一个大股东是他的好友，和热米娜也熟。热米娜去求那人，总算可以暂时在原来的房子里住。半年后，通过别人介绍，她嫁给了一个老师。他没什么钱，家中房子没有从前大了，家务都由她做，她却安宁、幸福。

索尼亚没受什么罪。她嫁给米歇尔后，随他所在的国际机构在几个国家辗转；最后，回到了他的祖国法国定居。

索尼亚不戴头巾，看起来不像阿拉伯妇女。她也没有一般阿拉伯妇女常见的悠闲、散漫。她很干练，做起事来干净利落。不小的家，很快就收拾好了，然后，我们或者聊天，或者外出。不像我和23岁的巴黎女孩茱蒂在一起时，随意乱窜。和家庭主妇索尼亚在一起，我们去的最多的地方就是菜市场。和欧洲很多城市一样，巴黎的菜市场整洁、美观。物品的陈列，都是精心设计的，很多地方，甚至有艺术氛围。海虾、龙虾、海胆、蟹柳、扇贝，新鲜的海鲜都用绿叶装饰，绝对没有印象中海鲜市场的满地水渍；肉类也干净、整洁，没有血淋淋的感觉；蔬果个个干净、漂亮，供顾客试尝的哈密瓜切得像花一样。

索尼亚最常去的是Marché couvert de Saint-Germain（圣日耳曼市场）。她和很多店主熟悉，卖肉的知道她喜欢买哪个部位的肉；只要打过招呼，卖奶酪的就把诺曼底奶酪给她拿过来；然后再买两瓶鱼汤，买几个被叫作pink kiss（粉红之吻）的苹果——这种苹果吃起来，会有初恋的甜蜜吧？

米歇尔喜欢喝酒，索尼亚就总去市场中的Bacchus et Arianne（酒神与雅利安）小店给他买，也去Vieile du Temple（维艾耶寺庙）街上的La Belle Horthense（美好的霍顿斯）。酒吧不大，但米歇尔喜欢的Guigal（吉佳乐世家）著名的三大品牌la mouline（慕琳尼）、la turque（杜克）、la landonne（兰当）都可以在这里找到。当然了，由她来买，她就不会买180欧元一瓶2001年产的La La La。很多人都会在这里单点一杯，享受一下。索尼亚不会。她恪守安拉的教诲，绝不饮酒。

索尼亚在巴塞罗那待过三年，她对西班牙很有感情，也就喜欢去Madeleine大街的Lavinia（德莱娜大酒窖）。那是巴黎最大的现代化酒窖，6000多种世界各国的酒在那里有售。我和茱蒂在这里的二层餐厅吃过饭，也参加过人家要求茱蒂作为时尚刊物的记者参加的试饮。但和索尼亚一起时不会。想想这是蛮奇怪的事。酒，是她最爱的人喜欢的东西，又是她最尊崇的神让她远离的东西。

按规定，米歇尔与她结婚后，要改信伊斯兰教。"他真的改信伊斯兰教了吗？"我向她求证。

索尼亚说："他在我面前信伊斯兰教。在他妈面前，就信别的。"

他自然也不能像她一样，每天五次诵经、膜拜。

但与他一起的生活，还是和谐、愉悦的。

索尼亚和很多巴黎人一样，拉着拉杆箱一样的小车买菜。把那些干净的货物放到蓝色的推车里，然后再把推车放到她驾驶的雷诺车里。如果在她家楼下的超市monoprix，她就带着草编的筐。

菜市场也有卖熟食的，烤鸡、西班牙海鲜炒饭等等，样式繁多。

有时她给我买装着起司的大红辣椒。我一边走一边吃。她是阿拉伯妇女，她自然不会。

我很喜欢和她逛菜市场。有时我给她打电话时,她正在市场,我便会乘地铁到Mabillon站去找她。

回到家里,她便开始收拾。

她喜欢把鱼炸得金黄,上面放西红柿和起司。或把油梨一分为二,上面放用粉色色拉酱拌的虾仁。

不像中国,妈妈把家里所有的一切都包了。饭后,两个女孩负责擦桌子,收拾盘子,把它们放到洗碗机里。

像我小时候认为剩下的面条一定要扔掉一样,我一直认为剩下的色拉也一定得扔。可是索尼亚家不会。剩下的色拉被孩子放到了冰箱里。虽然米歇尔在外企有不菲的收入,但他们家还是很节俭。

我偶尔会留下吃晚餐。小姑娘们说着学校里的趣事。我的语言天赋不够,常把来她家的胡达说成宏达(honda)。小女儿笑死了:"她可不是车呀。"

我们也一起去游泳。最常去蒙巴纳斯,购物中心下面的那个。我不会游泳,就在三个池子中最浅的那个里面泡着。

索尼亚和两个女儿都穿比基尼。她不说"比基尼"或"上下相连的泳衣",她说"一件装""两件装"。"你们中国,女人都像你这样穿一件的?"我说是。"很多法国女人,只穿两件装下面的一件。"她说。从小就受那样的教育,法国女人不觉得裸露上身有什么。

下午时,我常在她家。在法国香颂铺展的背景里,我们聊天、舒展。低缓的音乐有时会被突然打断——门前小街上的孩子,又把足球踢进院子里了。

偶尔,也会有一帮朋友过来——都是女子,多数是阿拉伯妇女。大家一起聊天,更多时候是跳舞。她们喜欢把大围巾系在胯上,然后晃肚子。她们人人都会跳动人的肚皮舞。我不太会,她们就解下自己的围巾,给我系上。

索尼亚的生日宴会也是在家里,在午后办的。冷饮、茶、水果、点心。好几盘点心都是索尼亚自己做的。我曾心血来潮想和她学做点心,她把具体的做法给

我写好,而我却从未试过。

女伴们都给索尼亚送礼物。收礼物时,她们不像我们,把东西接过来,说"谢谢",然后等客人走再看。我们坐在沙发上;她站在客厅中间——一堆礼物之间。她当着大家的面把礼物一一打开,同时高声喊出每个礼物是谁送的。大家都哇哇大叫。

虽然她说每个礼物都让她很开心,但第二天下午,索尼亚向我透露了她的不满。某某和某某两个人,合送她的礼物才值三欧元。虽然不能以价论情,但某种程度上,金钱确实能考验出你对一个人的重视与否。

她也偶尔带我去别的女人家,都是男人们不在家的女人聚会。哗哗的笑声、音乐、舞蹈,时光呼啦啦就过去了。

这天,我们去莱阿家。莱阿家离索尼亚家不远,我们是走去的。我们过去得早,莱阿正在厨房做可莉饼。我见莱阿在烤盘上摊煎饼,就跟北京街头常见的煎饼果子(现在里面都是薄脆了)做法一样,便没觉得稀奇。可是,索尼亚告诉我,莱阿做的,就是我在香榭丽舍不惜排长队去买的可莉饼。啊?可莉饼?那么好吃的可莉饼?我在香榭丽舍买的,在布列塔尼Dinan(迪南)镇吃的那个?莱阿笑了,说正是,她的老家就是Dinan。那我得学学。莱阿便从头讲给我。

首先是调面糊的诀窍:面粉、砂糖与鸡蛋的比例分别是3:2:1。莱阿还在面糊里加了一点朗姆酒。

先把烤盘预热,取适量调好的面糊倒上,用勺子把面糊摊均匀,跟北京街头摊煎饼一样。接下来就不同了，在面糊上面加芝士，等它融化，气泡出现，再放其他馅儿——火腿、玉米粒。再放番茄酱，等面皮变成金黄色，卷成像甜筒冰激凌那样就可以了！（后来我在北非也经常吃可莉饼，只是那里的饼不卷成甜筒状）。

那么好吃的可莉饼，原来是这么做的啊。见我吃得那么香，莱阿笑了。

这是来自布列塔尼的美食，莱阿的外婆是在陶制的圆盘上烤的，下面烧柴。她的妈妈，是用铁制的平瓦板。莱阿喜欢外婆做的，也喜欢妈妈做的。可是，好吃的可莉饼，并不能把一个年轻人的梦想拴住。20岁那年，她离开家乡到了巴黎。经过26年的奋斗，她有了幸福、富庶的家。丈夫成为一个大公司的高层后，她辞职做了全职太太。唯一的儿子也成为她的骄傲，就读著名的索邦大学。

我说起我去过的她的家乡：狭小的街巷、石板路、古老的木屋、拙朴却美丽的陶瓷。

"我还记得我离开家乡时的情景。那天下着雨，在港口，我瑟瑟发抖。我最好的一个女友去送我。她马上要结婚了，她说：'我最后说一遍，留下来吧。哪里的生活，其实都一样。你在这里，至少有温热的饭，有爱你的人。你能保证出去不招白眼吗？'后来我在经历无数的挫折时，无数次想起她的话。可是，我不能像外婆、妈妈那样。我不希望自己在今天就能望见今后一生的生活。"

像我们这种跑出来的人，某种程度上都有这样对生活的不甘吧？虽然最后，我们还是会进入日常生活。

"在巴黎的秋冬，我常想起布列塔尼的景色，那大地的尽头、荒凉的原野、孤寂的海岸、坚硬的峭壁。但是，那么奇怪的是，我在巴黎辗转了那么多年，最后却是在蒙巴纳斯安定下来。有时我经过火车站，听人讲布列塔尼语，我的心也会忽悠一下。我会看一些姑娘，从她们的脸上，寻找我当年的神情。"

"我们离开的地方，却是很多人的向往所在。尤其是《达芬奇的密码》上映之后，更多的人开始去看圣·米歇尔城堡。"莱阿看了一眼索尼亚。

我也想到了这点。索尼亚的小女儿若在，会说："我爸爸原来是城堡啊。"

这名字，常被冠之城堡、教堂，孩子早知道的。

门铃响了，客人陆续来到。今天的客人中穆斯林很少，所以莱阿还准备了苹果酒。

Alan·Stivell（阿兰·斯蒂夫）的竖琴响起来。这个世界级的大师也出生在布列塔尼。莱阿离开家乡时，他刚刚走红没几年。在布列塔尼音乐普遍的伤感和神秘中，Alan·Stivell却把希望、欣喜的元素融入进来。

在那向西部的眺望中，我仿佛看到了低压的乌云、荒原、孤独的行者。当然，也有Alan·Stivell对海与鲜花的歌吟。

来客中还有个女人也来自布列塔尼，听完Alan·Stivell的音乐后，莱阿走了出去并和她对唱了两段。然后，她们教大家跳起了佳沃特舞。

那女人就是这时候上门的，舞蹈和音乐被门铃粗暴地打断。莱阿把门带上，和到来的女人在院子里说着什么。"我丈夫""私情"……我只断断续续听到几个词。难道是这女人的丈夫和莱阿有私情？没有大吵，却有嘤嘤哭泣。难道是以柔克刚？可是怎么两个女人都哭了？原来，这女人的丈夫和索尼亚的儿子有私情。

我们都散去。

走到rue de l'Arrivée（抵达街）时，索尼亚说："五年前，我和莱阿路过这里时，看着这路牌上的名字，莱阿说：'我真的是已经到达了吗？到达了我曾经向往的生活？'"索尼亚也借莱阿问自己。莱阿回布列塔尼很容易，通往西部的火车就从不远处的火车站始发。索尼亚却不能。自20世纪80年代出来后，她再也没有回到过她的祖国——伊拉克。

第三章
科学家范姿

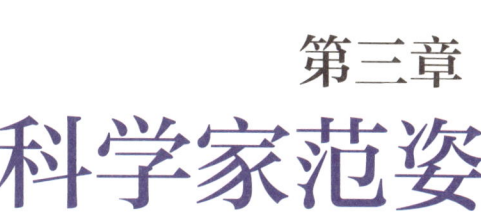

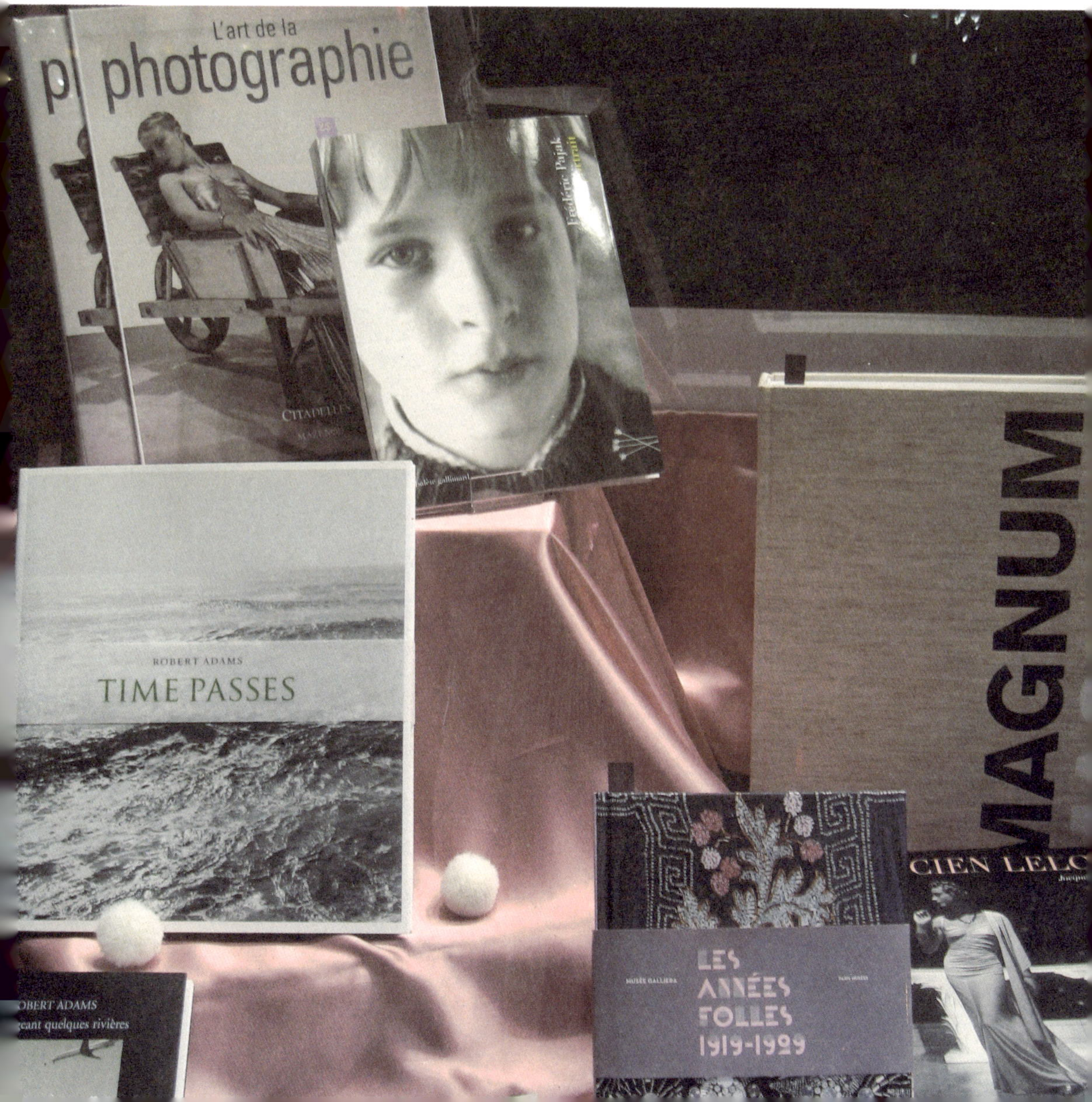
L'art de la
photographie
CITADELLES
Frédéric Pajak
ROBERT ADAMS
TIME PASSES
MAGNUM
LES ANNÉES FOLLES 1919-1929
MUSÉE GALLIERA
ROBERT ADAMS

有
故
事
的
法
国

　　傍晚的时候，邻居们经常会看到范姿站在水法那里向西眺望。我和邻居们一样，觉得她是等她丈夫的班车回来。后来我就问她，她笑着说不是，她只是看那里的风景。

　　那里的风景确实迷人，尤其是夕阳西下之时。我们住在一个不高的小山上，三面临海。西边，水势弱下来，蓝绿色的地中海慢慢成灰蓝色的沼泽了。它们被后面深蓝色的山峦环绕着。范姿站在水法这里，或就坐在夹竹桃和蜀葵掩映的长椅上，看慢慢低下去的山坡、绿地、花丛、几棵婆娑的椰枣树，还有那正静静地往沼泽中落下去的夕阳。直到满天的彩霞渐渐变成鸽灰，直到银月初升。

　　这里的天空总是那么晴好，完美的夕阳几乎日日可见。所以，偶尔瞥到外面的白墙变成粉红色或金黄色时，便知道太阳下山了。我和我的邻居们早都没有兴致再跑到户外看夕阳了。只有碰巧那时候回来，见到范姿站在那里，才会停下脚步看上两眼，说："真是很美。"然后，便匆匆进门。

　　我们这里，常常是散步一个小时，除了几个保安外谁也看不到。所以一个女人，那么长久地注视那片风景，就很惹人注意。范姿不管，她就是那么凝视自己喜欢的景致。

　　有时，她能等到乘班车回来的丈夫，但大多数时候不会。

　　虽然这里的月色和白日一样出色，和夕阳一样绚烂，虽然海上时常升起红月亮，但是，也因为见多了，我们都习以为常。虽然知道散步有益身体，虽然也没有什么当紧的事，但是，我们还是几乎日日窝在屋里。我们这些邻居中，就范姿夫妻每天晚饭后出去散步。他们没有什么亲密的举动，但是，那种和谐是谁都能看出来的。

　　范姿不是漂亮的女人，但"起

52

码她年轻"。邻居有人说:"白人娶黑人,当然是娶她的年纪了。"

范姿是黑人,来自马达加斯加。他丈夫维尔格雷是白人,法国人。

其实范姿也不年轻了,虽然她长发披肩,看起来却一点不做作。她素面朝天,戴眼镜,脸上总是亲切善良的笑容。

夏天的时候,花园里总会出现个美丽女孩,穿三点泳衣,在院子里看书。一看着装,大家就知道那是法国女孩。

那是维尔格雷的女儿。

"跟范姿处不好,所以躲在院子里看书。"邻居有人说,"但是,没办法,父亲在这里,总得过来看看呀。"

和中国人一样,我的这些外国邻居,也常理所当然地想某些事,想当然地认为:范姿是维尔格雷的第二个老婆,比他小很多。甚至有人说:"范姿和他女儿的年纪差不多。"

然而他们都错了。范姿是维尔格雷唯一的老婆,只比维尔格雷小一岁。而且,这女儿就是范姿所生,虽然她看起来一点儿也不像范姿。

范姿原来就住我隔壁。海边那排房子有一户搬走了,范姿住到了里面。她一直想临海而居。现在她与我,隔着一个花园。

范姿与我,本该早开始交往。可她主动与我说话的几次,我因为很忙,有些怠慢她。

后来我听说她竟然是个科学家,敬意顿生。"她是著名的基因学家。法国、美国、日本,都经常请她讲学。"有幸与这么优秀的人邻居而住,我竟然不知,而且还怠慢人家?可事已至此,也不好再上门了。

后来我准备去撒哈拉,咨询别人驾车路线。

第二天,我在花园经过时,她叫住了我。她送给我一本旅行手册,我便借机请她到家里吃饭。

她仔细地画给我路线图,告诉我哪里哪里,该注意什么。

"玛特玛塔你一定要去,那个石头城风格别具,星球大战是在那里拍的。"

"杰拉里湖你也要去，那是世界上最大的盐湖——非常，非常漂亮。"

她还告诉我，从托泽尔到纳夫塔这段路的夜晚"星星非常出色，令人感动"。

后来我经过这些风景时，就想起范姿，心生温暖。

范姿是她的名字，她姓阿巴瑞苏。马岛的语言比较复杂，字面上的和读出来的，很多不一样。她名字的拼写是fanja，读出来却是范姿。按读音，应该写fandz。

范姿是马达加斯加一个普通匠人的女儿。这匠人的沉默和朴实中一定隐藏着某种智慧，抑或这智慧存在于他太太——一个普通的家庭妇女身上，或者是他们二人的结合。范姿和她姐姐从小就聪颖异常。她们不是我遇到过的那些非洲孩子，因为家族有钱，或地位显赫，便去欧洲留学。范姿和她姐姐，一直都拿奖学金。

她还有个弟弟，少年时死在一次攀岩运动中。

冒险精神，其实也一直活跃在范姿的生命里。即便在今天，在她已经过去50年的人生中。

范姿开起车来，你真的想不到她会是个科学家。急风暴雨一样，真是地道的非洲风格。不过坐惯了，也真能领略到她高超的技艺。15岁时，她就在父亲的同意下学开车了。这几十年的经验，倒真是练就了她的本事。她善良的为人从点滴处都可以看出。她是比较守交通规则的，不主动打手机。她往外打时，都把车停在路边。不过她会开着车接手机，因为她怕耽误了朋友们的事情。我当记者当出职业病了，逮什么事情都问。碰到不懂的单词，我随时会记下来。看我疑惑的表情，范姿就把我的纸拿过去，按在方向盘上，又要过笔，把我想知道的写下来。见她这么开车，我颇为心惊，说车停了再给我写，她却不肯。而接下来她的表演，就更让我瞠目结舌了。

你们都见过司机一边打手机一边开车吧？可这范姿，左手握着手机，右手把一张纸按在方向盘上，用笔记电话号码。而这时，我们的车，正行驶在立交桥的

转弯处，而且，周围是三辆装集装箱的大车。

"我都有点吓晕了，一时还以为自己是在好莱坞拍片呢。你真是个科学家吗？分明是个特技演员嘛。"

她笑着说对不起，"我的一个好朋友在戴高乐机场丢了所有行李。我让巴黎的一个朋友去救她。她手机也丢了，我只得记下机场警局的电话，让巴黎的朋友打这个电话，去找她。"

"我已经有几次见你为了帮助别人，而不顾自己的安危了。"

她耸肩笑了笑："千万别告诉维尔格雷我这么开车。"

其时，我们正在去双犄山的路上。

"其实没事儿。"她说，"我们家比较开放。我从15岁就开始开车了。"

我独自在外，敢闯敢问。范姿比我，有过之而无不及。她让山腰小博物馆里的人为我们讲解双犄山的历史，看灯光演示，看video。看着英俊的阿拉伯小伙子对范姿彬彬有礼、有求必应，我真是颇感奇怪。

来非洲前，我知道，在今天的很多地方，还是有不少人歧视黑人。但我没有想到的是，在同一块大陆，北非的阿拉伯人对黑人的歧视，竟然严重到如此地步。

萨比娜曾哭泣着对我说："我的孩子不能在街上踢足球。如果那样，警察就会来抓他。而周围的孩子——当地孩子却可以随便玩。"

初闻这话，我竟然没有相信。这个经常有人给我献花的明媚国家，我到哪里都被待为上宾的国家，怎么会这样！？

后来我到萨比娜家做客，才知道她所说并非虚言。我们正聊天，门被生硬地敲响。她出门后，我听到一个阿拉伯女人的粗嗓子："你们家就准备这么一直住下去吗？你们什么时候才能回自己的国家去！？"

不一会儿，萨比娜的小儿子哭着回来了："穆罕默德的妈妈不让他跟我玩。她说：'如果你碰了这黑孩子，你自己也马上会变成黑孩子。'"

萨比娜在超市也经常遭冷遇。经常是等了半天，人家就是不招呼她。来自塞

内加尔的她可是有钱人。"如果不是我丈夫被派到这里工作,我真是一辈子也不想踏上这块土地。"

面对不公正的待遇,曼萨可没有忍气吞声的好脾气。这位来自赞比亚的腰身粗壮的夫人,有一天乘出租车下车时,因为车门有些坏了,她开半天没打开,遂让司机下车帮忙。"我一个白人,给你个黑人开车门?"司机嘟囔着,但没有办法,总得让乘客下车呀。听了司机的这番话,曼萨气坏了,可她强忍着怒气,像个贵妇人那样下了车。见她这样,司机更气了。在她递过车费时,他突然说:"我不要你的破钱,它和你们黑人一样脏。"说完这话,他坐回到司机的位置。"你再说一遍!"胖夫人怒吼,他们之间的车窗玻璃,是完全摇下的。阿拉伯司机开车时,喜欢把一只手臂伸在车窗外。司机又说了一遍。然后,胖夫人曼萨,像抓小鸡那样,把这个瘦小的司机从座位上拎起来,从车窗里硬拉出来。这太出乎这个阿拉伯司机的意料了,她也太迅速,让他的思维来不及转换,他还在自己歧视的固执里。他又骂了一句。然后,胖夫人用力地举起他,把他摔到地上。

此事绝非杜撰,是我去医院看病,亲口听这个司机讲的。这事儿都惊动了警察,所以我们才知那胖夫人是赞比亚人曼萨。

黑人在北非诸如此般的待遇,不能不使我对范姿所受的礼遇感到吃惊。也许，因为范姿不是特别黑？即使去过她的祖国，我都不知道这个事实：马岛人其实不是黑人，而是黄种人——亚洲人的后裔。

她倒确实没有刚果人那么黑，算是有点黑的黄种人吧。

双犄山离我们居住的"金郁金香"小山有一小时车程。这么远的地方，范姿和维尔格雷还经常过来爬山。

"他忙，没有时间。"范姿说，"所以，我自己出来。觉得好的地方，周末就会带他去。"

"你俩一起时，谁开车？"

"当然是我。"

就算去南部沙漠，要一天的路程，也是范姿开。她开得还特别快，警察都来追她了。

我自恃是个自来熟。到了哪里，对人对物，很快都会熟悉起来。可跟范姿一比，还真没法比。她会把旅游书以外，犄角旮旯好玩的地方都给你找出来。

我们坐在"金郁金香"海边的阳台上，她告诉我，那海上欲隐欲现的岛是库布斯。她给我描绘那里，我心生向往，然后，她就带我去了那里。我们也去各地寻访罗马人的遗址。在无人的郊野，她教我辨识了那么多我不曾见过的野花。

与我的花枝招展截然不同，她衣着朴素。出门，她经常戴草帽，像一个村妇。她爽朗地笑，像无邪的孩子。

更多时候，我们开车15—20分钟去周围的港口或小山坐那么一会儿。有时去玛莎小镇吃一桶意大利冰淇淋。因为有时候她要去城里接丈夫，而且还要帮他处理一些公事。这也是娶个聪明、能干太太的好处吧？

清风轻送花香的静谧午后，我们会经常聊起各自的故乡。马达加斯加，那是有着魔力的神秘岛屿。她独特的与世隔绝的环境，孕育了许多独特的动植物与海洋生物。

我日后也有幸随一个植物学家前去马岛。

五月风暴中的爱情

安宁、淡然的范姿和维尔格雷竟然有过激情燃烧的青春？我从范姿的率真中仔细辨认，还能看出些不羁；但在维尔格雷身上，可真连模糊的一点点影子都看不到。

也难怪，在那个风华绝代的激情岁月，年轻的他们，又怎能不把壮丽的色彩写进自己的青春？

1968年5月，巴黎的那场红色风暴刮起的时候，范姿只有17岁。半年前，她从遥远的马岛来这里求学。

我在索邦大学的外广场流连，想象那场红色风暴，想象着萨特和他的情人怎么走在游行队伍的最前面时，我却并没有想到，某一天，我会和几十年前的亲历者结识。我在巴黎认识的都是年轻人，我甚至从未想过向他们询问五月风暴的点滴。

"2002年3月6日，我一直坐在索邦大学的外广场。"我说。

"3月6日？我也在那里。"

"别骗我了。真会有这样的奇缘？"

"我从来不骗人。"

"你怎么会把日子记得那么清？"

"第二天是玛鲁汀的婚礼。我陪她回索邦大学取点东西。经过外广场时，有些累了，就在孔德的石像边休息了一会儿。"索邦大学是范姿也是她女儿玛鲁汀的母校。

"你怎么会一直坐在那里？"范姿突然想起来。

"我和一个人有个约定。我记错了日子，我们分别等了一天。我在3月6日，那个人在3月7日。"

"你没带手机？"

"丢了。"

"你出这样的事情，我完全相信。"范姿笑。

"让我想想，让我想想，我有没有看到过你。"我假装拼命回忆。

"人海茫茫，你怎么会注意到我？"

"我们的相遇是必然的，这不，在北非，我们也认识了。"

"也可能是另外的样子，你是3月7日去的，那个人是3月6日。"

也可能，那是我记忆恍惚中的闪失？

"你和玛鲁仃在那个广场闲坐时，有没有给她讲五月风暴？"我问。

"提了两句。说起维尔格雷，玛鲁仃怎么也不相信。"

是啊，如今这绅士得甚至有些害羞的半白头发的先生，你如何也不能相信他从前是个愤青，又那么玩世不恭。也许，一个人的青年时光，和他日后的生活可能会相距甚远，但像维尔格雷这么相差悬殊的，也真是不多见。

维尔格雷是家中最小的孩子。他母亲生下他时已接近50岁。他大姐的年纪做他母亲都有余，他最小的哥哥比他大20岁。在这样的环境里成长，他注定和家里其他成员没有对话的可能。就像他的同学——那些日后走上街头的同学，在那个社会，那种旧秩序完全没有交流的可能。

刚开始上学时他还是个沉默寡言的孩子，突然间，就变成了调皮捣蛋鬼。也许人的一生都要经过很多必然的变化。但是，他的变化，总是那么突兀。

他突然间告诉老师和同学，他妈妈是个修女，引来一片哗然。

他用自己的想象力嫁接了一下。他的一个姨妈，倒真是修女。

10岁那年，一场大雪后，他突然不见了。半夜，姨妈委托一个修士把他送了回来。

不知是姨妈那静闲而略显神秘的生活吸引了他，还是那个修士渊博的知识迷惑了他，他事后又短暂失踪了几次。每次，都是被修道院送回来。

"修道院不全是世外桃源。甚至有些小男孩,也受过性侵害。"

家人还来不及更多规劝,他的热情就转移了。他又偷偷跑出去的几次,是被音乐的魅力迷惑了。之后他便醉心于此。这之前,他的家人不知道,甚至连他自己都不知道,他竟然有如此好的歌喉,以及异于同龄孩子的领悟力和模仿力。12岁,在男孩子变声之前,他唱《心跳的声音》,差不多真跟伊迪丝·比娅弗不相上下。他太专注了,因而走进这音乐深处,他开始认为这心跳的声音,是来自他——维尔格雷的。唱着这歌,他爱上了一个18岁的女孩。他也唱罗西尼·鲍华耶的香颂名曲《对我细诉爱语》。那女孩只爱他的歌声。歌声停歇,女孩便离开了。

他后来经常唱《第一次约会》

第一次约会的时候

应该是温存的,叫人颤抖的

心跳得飞快

飞去一个生命的地方

你们的梦想有一点怪

让他带给我们

爱情的幸福

当时间带来这位先生

是第一次约会的时候

一个美丽的春天，让一个小孩

变成一个女生

蓝天白云

一个快乐的未来

闭上眼睛

她深深地呼吸

他的某些天赋，一直是分离的。就像他喜欢这首《第一次约会》，那温存、颤抖、幸福的感觉；现实里，第一次约会留给他的却全然不是这么回事。他和苏拉约会，半路，苏拉的好友萨莉过来找她，情人的约会，变成了朋友的小聚。他们都喝多了，该发生的不该发生的，都发生了。也恰是这乱醉情迷，醒后的无比尴尬、悔意，使他在这件事上规矩起来。他叛逆，酗酒，不抽大麻，也不乱性。他只用酒精麻醉自己，借以区分比别人更深的理想情怀。这一点，与那些电影或文学书中描写的嬉皮士有所不同。

就像日后他们的要求："革命的基本动机不是建设一个天堂，而是破坏一个地狱。""革命者对于他在未来想要什么这个问题的回答是——不要他现在已有的东西。"他知道自己的理想情怀。虽然那具体是什么，他并不晓得。那时候，他或他们知道反对什么，拒绝什么，但是想得到什么，他们并不清楚。

在他们向18岁靠近的漫长时光中，早在游行喊口号前，他的同学们就做了，比如"要做爱，不要作战"。

那是1968年5月10日。那时的法国，学生和警察的对抗已经蔓延到各个大专院校。而在那天，中学生也出来了，有2万人。他们抗议警察的暴行，要求释放被捕的同志。学生们更理想的目标是，反抗法国现行的教育体制，反对不合理的管理制度，主张激进民主主义。在各种左派理论的影响下，他们还大谈阶级斗争。切·瓦格纳成为很多人崇拜的偶像。

第三章 科学家范姿

那晚的集会之后，学生们决定控制拉丁区。他们分头行动。一些人奔向南边的盖吕萨可街、圣雅克街，其他人奔向东边的穆复塔尔街。手中没有武器，于是，他们决定用石块，掘地而取之。石块越堆越高，赫然形成了街垒。天亮前，在勒高夫街、盖吕萨克街、乌尔牧街、图尔纳复街，街垒已达60座。

这就是后来非常著名的"第一个街垒之夜"。

范姿和维尔格雷，就在那时候相识。

他们相识在那样一个疯狂的年代，却在此后漫长的岁月里，安静地相爱。这也符合生活的常规，暴风骤雨终究抗拒不了生活的平静。时间是涓涓的流水。

"这之前，我根本不知道，这些欧洲人竟然对中国此时正轰轰烈烈的文革心生向往。"范姿笑了，"每个人都向往他的远方。"

她不把话说到底，这聪明的简洁，是维尔格雷喜欢的。

他险些滑到很多危险的边缘，幸好都及时悬崖勒马。

国外的朋友多了，受他们感染，我没有从前那么含蓄了，很多事情直来直去。我问："你和一个白人恋爱，你们双方的家庭同意吗？"

其实我还是收敛了一些，我真实的问题是："和一个黑人结婚，维尔格雷的家人同意吗？"

他们没什么不同意的。虽然他们都是法国人，但因为在非洲服务多年，他们对黑人有一种特别的感情。倒是范姿的家里，不同意她嫁给一个白人。

仿佛家族也有其命运一样，两年后，范姿的姐姐，也嫁了个法国人。

听玛鲁汀说，一次，在巴黎的普洛各普咖啡馆，听着《薇西莉娅》，她突然想象父母的爱情。吟游诗人和流浪歌手——那是个广告曲。我倒更喜欢"统一左岸咖啡"的广告曲《早晨到达》。早晨，一天的开始，一个新希望。它和清晨的离开是迥然不同的。

我又想起午夜航班。人生的机遇，相识，相忘。

有故事的法国

格瓦拉，某些青年的青春

格瓦拉，很多青年的偶像。

"如果说我们是浪漫主义者，是不可救药的理想主义分子，我们想的都是不可能的事情，那么，我们将一千零一次地回答说，是的，我们就是这样的人。"格瓦拉说。

格瓦拉也有自己喜欢的人。他喜欢聂鲁达，喜欢他那首《海员》。

没有什么东西可以把我们系住

没有什么东西可以把我们绑在一起

我喜欢海员式的爱情

接个热吻就匆匆离去

我要走，我心里难受

我心里总是难受

我在聂鲁达曾经生活的西西里岛——《邮差》的拍摄地，想起过格瓦拉，想起他如火般熊熊燃烧的头发，想象他为什么会那么深地刻在某些青年的记忆中。那些愤青，在现实里，没有出口。

我想得更多的是玛蒂尔德，那个总是被聂鲁达写进诗里的女人。他带着她遍游他曾去过的地方。他说："爱情就是旅行。"

他——格瓦拉，是一个飘荡在革命大陆上的海员，胸怀解放全人类的信念，再次踏上世界革命的征程。但是，刚果并不信任这位远道而来帮助他们打游击的外国白人。

他——维尔格雷，他的理想慢慢向现实靠近。这是他必然经过的青春转变。

那场运动，如它开始时一样，戏剧性地结束了。大家还是回到自己的生活里。吗啡的效用是一时的，痛苦却很漫长。

她也并没有出现在随后的反种族运动中，因为她一直是受欢迎的。这也许是她独特的命运，就如今天她在北非。

他看《存在与虚无》，"当年德国法西斯已经入侵了法国，而萨特还沉醉于自己的世界，沉迷于《存在与虚无》"。

他看《怒火青春》，流下自己都不知道为何而流下的热泪。

几年后，游行队伍中的大部分人都走向了生活的正轨。他们有了家，有了孩子，过着比一般百姓体面而优越的生活。

他面临着选择。选择是我们拿起A的时候必然放下B。

去往中国的路途中，他被抓了回来。3年后，他决定前往非洲。

这次，范姿主动了一次。她自动走进他的选择。她放弃了巴黎的优厚工作，重回非洲——她当年走出的大陆。

他们家没有任何反对的声音。他们知道，是这个女孩——这个外表普通却绝顶聪颖的女孩，使他们叛逆的孩子重新回归正常的生活。

维尔格雷偶尔喝酒。醉酒后，他会小声地说："我是切。"

那是醉前，他给她讲的。切·格瓦拉面对敌人的枪口时，就是这么小声地说："我是切。"

她讲给他另外的东西。

她的温存，抚平他青春的伤口。

他醉酒沉欢。她保持清醒的安宁。他对她的敬意，随着时间的流逝而更浓。他好像明白了什么，又似乎什么都没懂。

"青年人在'胡士托'并没有找到治病的良药，只捡到了镇痛的吗啡而已。"她一直安静地在他身边。这是爱人，相伴终生的人。他至少明白了这个道理。也许，这是我们这些小人物的大道理。

也许，一张旧照片，一种熟悉的味道，会突然出现在维尔格雷的某个清晨或午后。回望一会儿青春，短暂的幻意迷离后，又回到现实——因这女人而温暖的

现实。

而这是她最初的爱情。她幸运地将这份爱情一生保存下来。可能，她看到了一个玩世不恭者最浪漫、最纯洁的一面。

30多年过去了，唯一没有变的，是他们之间的深情厚谊。父母的示范，我想也影响了他们的孩子。在这个以不婚、晚婚、闪婚为时髦的年代，在这个即使电影里都很少纯情的时代，他们的儿女，都早早结婚、生子，在自己安宁的家园，追求着事业。

一无所有，爱满盈

这里，是范姿生活过的第六个家了。她自己早年留学海外，后来维尔格雷做外企职员，他们的家不停地迁徙，这使她随身的东西总是很少。她的家，除了必须的，几乎一无所有。

但她却对周围的世界了如指掌。

我有时出来散步会碰到他们两个。"怎么这月亮有时从东边升起，有时从西边升起呀？"我问，一直为这个问题疑惑，以为这个小山有什么玄奥呢。

"不会呀。"范姿说，随后她想了一会儿，"你出来的时间总是不同。"她指着天空，"你出来晚时，它已经转到那边去了。"

他们夫妻也知道哪颗星星出来的确切时间。有时意见相左，他们就跑回家里，拿书出来看。

他们家也搞聚会，是亲密朋友间的那种，却很正式。我们每人都坐在有自己名字标签的位置上。很多时候，也会吃到从巴黎直邮过来的鹅肝。

她会烧好吃的李子鸡。我说好吃之后，她先是把家里剩下的几个李子果脯拿给我。第二天，又去超市买了一公斤回来送我。

我也学她，做马岛的煮水果：三个桃子、两个苹果、一杯水、一些蜂蜜、一段桂皮。马岛的桂皮，辛辣味少些。

她对中国饮食的喜欢也不是瞎说的。我煲几个小时的双菌鸡汤，她会喝一碗又一碗。我随便对付的鸡蛋西红柿汤，她就不怎么喜欢喝。

维尔格雷不在时，我们经常一起散步。我们住的这座小山，是海湾的一个岬角。我们出门散步一般走东边，那里有意大利式的海边大阳台，隔那么二十米，就有一个。可以看到玛莎的小山，片片绿色中掩映着白色的小房子，M形的海湾，晶莹碧透的地中海，去法国、意大利或西班牙的大白船。起伏山丘的两侧，四季不断鲜花。春天的时候，整个大阳台下的山坡，更是被黄色和紫色的野花覆盖。范姿经常把公共花园里的花用大剪刀"喀嚓"剪下来，插到她自己做的花瓶里。她也在花园种花：蜀葵、百里香等，她还把西非的柠檬草也移植过来。

我太喜欢那草了，临走时想把它带回北京。但我有点犹豫，因为我还要去一些别的地方。"没事儿。"范姿说，"我帮你弄。"

她用特殊的方法处理了柠檬草。我折腾两周回北京后，那草竟然还活着，并且生长茂盛。

每次家里来了客人，我就去把那草拽下来几段，用水煮了，再加上糖。那有着柠檬香味的茶让他们爱不释手。有天家里又来了客人，可柠檬草却几乎没有了。我尽可能地掐下来一些，之后，那草便再也不长了。我把它送去园林局也没有救活。"你实在，也不能实在到这份儿上啊！"我老妈骂我，对柠檬草的死耿耿于怀。我骂我老友："你们园林局没见过柠檬草？那你不早说？我送你那里去干吗呀？"后来我才想到，怎么没用邮件向范姿求救呢？

"你是科学家,维尔格雷是外企职员。你们的收入不会少,为何不置点像样的东西?"我问她。

"你还真够直率的。"她说,"在塞内加尔时,我们也有很多像样的东西,比如钢琴。后来我们搬家,没法把它带走,维尔格雷难过了好几天。"

我想象他小时候,唱《心跳的声音》时的样子。范姿不在家时,他一定大声弹唱吧?范姿在时,他也可能是畅意的。她那么爱他,那么包容他,他会把一切好的不好的,都展示于她面前。

"为什么就不能带着走呢,那架钢琴?"我追根究底。

"那东西最怕海运。"范姿说,"那之后,我很少再买你说的那些像样的东西。虽然有时也会禁不住买一些当地的东西,可走时几乎都留下了。"

我想起认识的一些西方人,把家装在集装箱里,搬来搬去。范姿什么都不要?是科学家的漠视财物,还是黑人的即时消费?

"我们不想被那些物质的东西羁绊了自由的心灵。"范姿说,"是的,我和维尔格雷收入都不菲。"她看我一眼,笑了,"和你一样,我们把钱都用在旅游上了。那是我们领会这个世界的另外一种方式。"

范姿绝顶的记忆,真是我从未见过的。我要驾车去摩洛哥,想参考她的路程。她会像地图绘制员一样，为我绘出路线图。这条路之后是哪条路，在哪里见什么拐弯，如何如何，给我画了整整5页。

而根据12个懂得的阿拉伯字，她竟然自学了阿拉伯语。

她的聪颖，还有乐观、善解人意，使她能一直把握自己的幸福。

也许是受日本政府邀请，范姿经常去日本。得知从东京到北京只有四小时航程，她更向往中国了，"那对我来说，好像是遥不可及的——神秘、古老、博大。"

我说我一定要在中国接待她。

"维尔格雷退休后，我们要环球旅行。有你，中国更得去了。"她开始计划行程。她对中国还真了解不少呢，竟然还知道吉林的树挂。

我从网上拷了些中国图片给她，看得她心花怒放。

我又从网上下载些中国电影给她看。马岛没有什么代表性的电影，她便把她第二故乡——法国的电影介绍给我。

"你有这么多碟片？"我接过她递过来的光盘，惊讶不已。

"是啊。"她说，"我不看电视。"

啊，想起来了，她家里只有电脑，没有电视。

现在，我还在外面旅行。有些黄昏，我会想起聂鲁达的诗：

我们甚至遗失了暮色

没有人看见我们今晚手牵手

而蓝色的夜落在世上

我从窗口看到

远处山巅日落的盛会

在这样的描绘中，我想到范姿和维尔格雷。他们这个"黑+白"组成的家庭，这个科学家简朴而生机盎然的家庭。

第四章

原来，什么都可以轻松自在

  维尔格雷很会享受生活。现在的大多数人喜欢玩车，可这家伙玩船，自己还买了艘快艇，存在马赛。不仅如此，他连飞机的驾照都拿到了。好玩的地方、好吃的东西、最时尚的信息，没有他不知道的。

  前一阵子，一个初来乍到的中国朋友要在巴黎找房子，我就找维尔格雷帮忙。他是个热心人，立刻答应我们周日去看房，时间是11点。11点？我把维尔格雷定下的时间告诉我这个中国朋友时，他有些疑惑。也是，按咱们中国的习惯，什么事情都是趁早办，早办完早拉倒。可是到了这里，就客随主便好了。周日11点，维尔格雷准时前来接我们。穿着T恤、大短裤，戴着小红帽，完全一副休闲的打扮。车开了有半个小时，维尔格雷把车停了下来。这是一个新小区，我和我的中国朋友都以为是看这里的房子，结果呢，维尔格雷说，这里新开的咖啡馆非常不错，要喝一杯。喝了40分钟咖啡，我们接着上路。去了一处地方，又去了另一处地方，却都不是看房子，而是看风景。看房子就赶紧看房子吧，总来这些旁门左道的地方干吗呀？我心想。可咱中国人都含蓄，我也就没有说。于是，依了维尔格雷，接着坐下来吃中午饭。外国人的快餐，比中式快餐吃得还慢。吃完了饭，又喝了杯咖啡。我想怎么也该看房了吧。谁知维尔格雷又领我们去了一个超市（一个集市），说："以后可以在这里买东西。"然后又转了周围的几处地方，这才领我们去看房子。

而我那中国朋友，立刻就喜欢上了那所房子，决定马上就搬过来。原来，维尔格雷事先根据我描述的情况，早就想好了我那朋友住哪里最合适。而他不仅把这一路的情况都介绍了，周围的情况都介绍了，自己的一天也丝毫没有耽误，一杯咖啡都没有错过，甚至还让我们过了充实而美好的一天，就仿佛是旅游的一天，而不是原来我想象中的像苍蝇那样东撞西撞，跌跌头打把式的一天。

维尔格雷是热心人，经常请朋友去家里做客。

去他家，根本看不出请客吃饭的样子。我们在大客厅里落座，茶几上放着几个银质小盘，里面分别装着土豆片、开心果和手指饼干。女主人范姿过来，热情地为客人倒上酒或是饮料。他们5岁的小儿子跑过来，抓了一把开心果就跑开了。不小心，开心果掉了一地，孩子捡起来，一一放进嘴里。他父母好像没看见似的。有时孩子也不在我们周围奔跑，带我或是其他客人去他的游戏间，给我们看他的宝物。有时，就在草地上的游泳池边游戏，也有时和更小的弟弟在游泳池里折腾。那个两岁的弟弟，双臂绑着塑料吹成的小"翅膀"在水里一沉一浮。而我们大人，都在离草地很远的客厅里。"把孩子这么放那儿你也放心？"我问范姿。她笑答："没事。如果出事了，哥哥会来叫我们。"

餐前小点之后，我们女人陪范姿去厨房，简单地帮着打些杂，比如切柠檬。她自己也没有更多的事情做。拌个沙拉，把事先调好的汤坐到炉子上，把拌好调料的奶油鱼、蜗牛放进烤箱。

我们聊起近况，伊莎贝拉说她目前正在学画。见我非常感兴趣，她就放下手中忙的，领我去二楼她的书房。她把现在的画、几个月前的画、第一张画都拿给我看，使得我也下定了决心去学。

电话响了。

"对不起，我周二有安排了。"范姿——这位科学家说，"多少钱我也不去，我要去看场电影。"

我们路过视听室，男人们在里面看碟。大多时候，他们在客厅里聊天。

男人们也来帮忙，把鱼、鸡肉、羊肉等从超市里买来的烤串从院子中的烧烤架上拿下来。

这是人多比较正式的时候，人少时就一个沙拉、一个主菜、一个汤。他们不会把太多的精力放在吃上。

不像我们请客时厨房通常会烟熏火燎，主妇常常是汗流浃背。范姿有时甚至连简单的小围裙也不系。几个好朋友私下聚会的时候，她甚至一边翻着大大的菜谱，一边为我们试验。"我不擅长这个。"她说。

菜品没有中国请客时那么丰盛，但其实已经足够，荤素搭配合理。而且因为分餐，主人也不用费力气照顾客人，喝酒也自便，不用劝，但气氛轻松自然。客人也不会觉得太麻烦了主人，心生不安。

孩子们愿意吃就过来，不愿意吃父母也不强求。我想起我在中国时去一个女性朋友家做客，根本就没做成客人，基本上一直在帮她带孩子。孩子不肯吃饭，不时跑来跑去，我那朋友就跟在后面追，一勺勺喂。一顿饭吃了两个小时。

饭后，我们吃从糕点房买来的蛋糕。范姿煮咖啡或者茶。

女人们把餐具简单收拾，放进洗碗机，然后就到客厅聊天，听音乐，谈最近看的某本书，或是计划中的一个旅行。不觉已到夜半时分。愉快的时光，温暖地告别。因为女主人没有太多劳作，自己心里也没有太多过意不去，她下次去自己那里时，也不必讲求丰盛，也不会单纯地吃饭就是吃饭。

我想起在中国的时候，也经常请朋友去家里做客。每次吃饭，都得忙活一天。客人走后，我连洗碗的力气都没有了。我一直在厨房里忙活，基本没有时间和他们交谈，生怕哪个客人没有照顾周到，所以，自己有时吃不饱，也是油烟熏的。

这么忙活做出的菜，大家过意不去，就得夸你，自己再客气几句。除了吃饭，基本没交流出什么信息。吃饭成为了负担，所以，越来越少的中国人把客人请回家。

第五章
巴黎的咖啡时光

即使在冬天，巴黎的一些老人，也会在冷涩的大清早起来，简单吃完早餐，穿戴整齐出门。不为赴约，只为一天中的咖啡时光。浓香温暖的咖啡，让冷气消散，内心舒缓。就着一份报纸，慢慢消磨一上午的安宁闲适。

上班族倒有很多是在咖啡馆里解决早餐的。等待面包上来的工夫，想想自己今天的工作。时间虽不特别充裕，咖啡却是不能少的。

午后的咖啡馆最是抒情。光影愉悦，香气飘散，一切随意至慵懒，时间舒缓得好像不动了。客人却是浮云来去，一时让人恍惚起来。

咖啡的故乡是埃塞俄比亚；哥伦比亚的咖啡举世闻名；阿拉伯人让咖啡流行起来；世界上第一家咖啡馆诞生于伊斯坦布尔……但这一切，都远不及巴黎的咖啡让人神迷向往、流连忘返。

任何事物都是环境的产物。150多年前，丹麦很多人无所事事，打架斗殴。遂有人建议建一个游乐园，让大家去那里玩，这也就诞生了欧洲最古老的游乐园趣伏里。

20世纪初，法国没有战事，社会祥和，崇尚文学，大家便喜欢到咖啡馆里切磋交流，喝咖啡慢慢成了时尚。塞纳河左岸的拉丁区本就是文化区，文人往来于此，佳话和传说便就此留下。毕加索和玛丽一见钟情于戈尔布阿咖啡馆，亨利·米勒在双叟咖啡馆认识了诗人庞德，海明威在丁香花园咖啡馆靠窗的位置构思《太阳照样升起》，萨特与西蒙·波娃在花神咖啡馆讨论《存在与虚无》，加缪请朋友在圆顶咖啡馆庆贺《鼠疫》获诺贝尔文学奖……那风华绝代的岁月，至今谈起，还让人仰慕唏嘘。这一切都离不开咖啡。让法国人自豪的咖啡，可以把时光慢慢消磨的咖啡，令谈话生辉的咖啡，把无数文化元素注入其中的咖啡……如果没有咖啡，法国，巴黎，将会不那么可爱。

左岸咖啡，La Coupole（圆顶）、Dome（多摩）、Select（菁英）、最让人倾心，人称"文化的金三角"。

一杯咖啡，一个知己，一段交融的好时光。抑或一个人，一本书，一份报，一时心灵的平静。这一刻，生活的疲惫与烦恼远走，这一刻，灵魂自由地翱翔。偶尔看看窗外，心一安静下来，我们看事物的眼光也会有所变化。

我和茱蒂也去丽碧街的烘饼磨坊咖啡餐厅。

餐厅在茱蒂家附近。她第一次来这里是上小学时。那天她父母临时有事出去了。她放学进不去家门，高兴地跑出去玩，又不愿背着累赘的书包，便试着把它寄存在母亲经常去的烘饼磨坊。

她父母离婚后，她常逃学，更是经常把书包扔在这里。一个天寒冷的冬天午后，一个中年侍者给了她一杯热巧克力奶，还给她讲了个故事。"父母虽然离婚了，但他们还是你父母，仍旧爱你。"不知是故事，还是热巧克力奶，或者两者都有，融化了她倔强的心，她从未觉得巧克力奶这么好喝，她感到世界还是如从前一样可爱美好。她和侍者高唱《paris, je t'aime d'amour》（巴黎，我爱你），流下了一直克制的眼泪。从此，冬天，她常常来这里喝热巧克力奶。

我想认识一下茱蒂说的侍者。"去年他退休了。"她喝了一口热巧克力奶后，沉吟了片刻，说，"当年我和他一起高唱的是《巴黎，我爱你》，现在，我想起他时却奇怪地想起《仲夏恋人》，也许联想起我父母吧，想到他们年轻时的美好誓言，后来都变了。"她环顾一下四周，"很多年过去了，这里的一切没变。确实没变。"她笑，"当然，侍者换了。"

我端起我的拿铁。

"对了，前段时间我在这里，看到椅子上有谁不小心失落的一个本子。我看那字迹，像我小时候认识的一个同学。我们曾非常要好，后来她家搬走了，我们失去了联系。我看那字迹太像她的了。也是好玩，我在那本子的扉页上写：是伊莎贝拉吗？如果是，联系我，我是茱蒂。电话……好久之后，一个陌生的电话打来。我以为别人打错了，结果你猜怎么着？是伊莎贝拉。她找到了遗失的笔记本，看到了我的留言。"

在茱蒂有些叛逆的高中时期，她开始和要好的几个朋友去巴黎北部蒙马特的咖啡馆。那里的咖啡馆老旧得有些残破，却充满梦想、豪情和野心。那是毕加索刚来巴黎时去的地方，那是布拉克、修拉向梦想启程的地方。

蒙马特山丘有片小小的葡萄园。那时，他们不会对葡萄园的新叶心生温暖与敬意，却会把酒吧里没有喝完的酒倒在纸杯里，倒在葡萄上，"让葡萄喝葡萄酒"，让"蓝鸟"站在枝头。几年后，她学"蓝鸟"的勾兑时，为自己的从前心生羞愧。

蒙马特，没有什么冒险。但少年大多带着想象的翅膀，称之为"蒙马特的深夜潜行"。

"黑猫"在"森林弹子房"摧毁了"狡兔之家"（三者都为咖啡馆名）。长了年纪，心态平和，她就更喜欢"随意居"了。

他们也在圣心广场的台阶上长时间坐着。小广场上有很多作画的画家。和茱蒂一起玩的一个，后来也确实从这里被画商看中，从此出名。

我一个人时，喜欢去双叟咖啡馆。双叟也有舒服的沙发座，但我更爱它的藤椅座。外间，可以望着对面的教堂，看冬晨的郁蓝色天空慢慢转亮，陪枝头枯涩的树叶一起迎来巴黎冬天珍贵的阳光。十几欧元一盘的色拉不算便宜，样子也算不上美，味道却可以。想起茱蒂，来壶巧克力奶。一壶蜜浓，是冬天的好陪伴。

第六章

壮美一生

有
故
事
的
法
国

来自雨果故居的追想

我在巴黎闲时学画之时，经常去孚日广场，因为老师有个画廊在那里。孚日，法国的一个省，圣女贞德的故乡。巴黎孚日广场在老城玛黑区，不是游客的必到之处，但却是附近居民的休闲地。这是一个法式的方形广场，树木被修剪得像戴大帽子一样，环绕着中间的绿地、喷泉。四面都是红砖建筑，每边九栋，联排；屋顶很陡，阁楼开着法式的老虎窗；底层是带拱门的门廊，画廊、古玩店、咖啡吧一间间并列于此。17世纪的广场在400多年里没多大改变。先是法国人擅长维护传统，后因政府不许。政府遂让它保持原貌——一个伟人生活时期的原貌。这个伟人便是雨果。东南角的6号，是雨果的故居，1832—1848年，他曾在此生活。

开始谈画的神秘性时，一个同学建议我去6号楼看看。因为去过附近的毕加索博物馆、卡纳瓦内博物馆，所以我以为6号楼也是类似的地方，确实也并没注意到墙上的"雨果之家"。

同一样东西，在每个人心中产生的回应不同。我同学说的那些神秘，我倒也辨识出些影子，但我看到更多的却是中国的水墨，意蕴深幽。在欧洲转久了，看过无数大家的画展，所以只觉得这些画不错，倒也没觉得更特别。可是，当我知道这些画的作者是雨果时，那震惊的感觉甚于我第一次看到巴黎圣母院。我同样为自己已在他的旧居晃了这么久，却浑然不知而感到震惊和可笑。

中国情怀

雨果的画，确实颇似中国的水墨丹青。他的作画方式，也是与泼墨相似的泼清咖啡。而在三楼，他著名的"中国客厅"里，你更能见到他奇妙的烙画，色泽古朴含蓄，颇有东方的意蕴和神秘。初中时，当我看到爸爸在我们家新打的家具

上烙画时,我从未想到我当时正翻看的《悲惨世界》的伟大作者,也用这种方式铺展他心中的激澎。

也许是因为没有去过遥远的中国,也许是因为大家的稚拙,烙画上的中国人物多有卡通色彩。戴着高帽的说书人,大嘴阔开的举叉吃鱼人,一个青花瓷瓶立在豆绿色餐桌边,而我眼中的花瓶,也许是他想象中的酒瓶吧。而那官服上的我认为的蚯蚓,是他想象中简笔的龙吧。他奇异、精妙的想象,源于他幻想的东方,他心中瑰丽的中国。也正因有此情怀,他把艺术起源之一归于幻想,"幻想产生东方艺术"。

雨果的中国题材的画共有57幅。其中,38幅烙画就分别装饰在今天的"中国客厅"里。这些是从根西岛的居所"高城仙境"搬迁到此的。在那个雨果被流放了十余年的岛上,他为女朋友朱丽叶·德鲁埃买了48次中国艺术品,花费相当于他买下的那个三层楼"高城仙境"的四分之一。今天,这些中国风格的烙画、漆木家具,雕着凤、兰、梅、竹等中国如意图案的壁板、橱柜,高悬的八角宫灯,装饰着竹画的屋顶,中国的青花瓷盘、花瓶、茶壶、茶盘,中国的观音、门神、娃娃、仕女、神仙道童,把这个高大、开阔的客厅装饰得满满的。这个神妙的"中国",该让西方人称奇吧,它也令我们中国人备感亲切和感动。

他在长篇小说《笑面人》中提到中国:"中国在发明方面总是跑在我们前

面：印刷术、大炮、麻醉药,都是他们先有的。"他给中国小姑娘写过名曰《中国花瓶》的诗。在中国人给他中文译名之前的半个世纪,他就有了自己的中国名,虽然是奇怪的"夷克襨谒拗"。而他对中国艺术的欣赏和热爱,他对中国人民的情谊,更因他痛斥英法联军火烧圆明园而为世人所知。

当我在卢浮宫看着中国的珍宝时,总是想着雨果的话:"我渴望有朝一日法国能摆脱重负,清洗罪责,把这些财富还给被劫掠的中国。"

正义与良心

巴黎和伦敦不同,很多博物馆都收门票,雨果的故居是少数不收费的。我再去孚日广场时,就去了那里。

雨果居住于此时,他的家没有现在这么大。没有一、二楼,只有三楼(我们的一层,是法国的0层)。不过280平方米的家,对于他们夫妻和四个儿女来说也不算小了。我最初以为这和他权贵的出身有关,后来才知他一直租住在这里。1902年,雨果百年诞辰时,他的老朋友保罗·莫里斯将整座建筑捐赠给巴黎市政府,改建为现在的"雨果纪念馆"。

1802年2月26日,雨果出生在法国贝桑松。一个男孩的成长受父亲的影响该是最大的,何况那是拿破仑帝国的鼎盛时期,他父亲又是拿破仑手下的将军。确

实，童年时他还随父到过意大利、西班牙。可是，他们家灌输给他的不是同一种思想。他母亲拥护王室。在夫妻两人因立场不同感情有裂隙分居后，雨果跟随母亲生活。受母亲影响，青年时期的他同情保守党。天资聪慧的他，也曾因写诗歌颂王朝而获奖。17岁时，他与兄长一起创办《文学保守者》；20岁时，出版了《颂诗集》，获得路易十八赏赐的年金；23岁，他因写诗歌颂查理十世，得到国王接见。

之后，他逐渐从保守立场转向浪漫主义。25岁时，他在剧本《克伦威尔》的序言里，抨击古典主义的清规戒律，从而使这篇序言成为浪漫主义文学运动的宣言。《欧那尼》的上演，标志着浪漫主义对古典主义的胜利。之后的一系列剧本都是与古典主义的规则针锋相对的。他也写诗歌和小说。他写平民姑娘爱上乔装的国王，他写对苦难的深切同情，支持希腊民族解放斗争，呼吁取消死刑。他一直与时代的前行同步。

29岁时，他写出举世闻名的《巴黎圣母院》。

如果说雨果原来始终在君主立宪制与共和政体之间游移不定，那么，1851年路易·波拿巴发动政变、恢复帝制后，雨果的思想发生了完全转变。他激励人民起义，也因起义失败开始了流亡生活，开始在比利时，之后在英国的根西岛。他反对帝制，歌唱光明，他心中的浪漫情怀此时已经为人民、为法兰西而抒发。

拿破仑三世也曾特赦他，但他拒绝回国。在流亡期间，他坚持写作，完成了名著《悲惨世界》《海上劳工》《笑面人》。这些内容丰富的小说因曲折动人的情节，更因进步的思想、人道主义关怀而震撼人心。他不仅关心法国百姓，也关注着世界上的劳苦大众。他号召墨西哥人民反对法国入侵，他支持波兰人民反抗沙皇俄国，他在瑞士洛桑主持世界和平大会……他身体力行宣传人道，宣扬正义与良心。19年流亡生活的文物，现在存放在他故居二层的3、4、5展室里。

1870年，普法战争爆发，法兰西第二帝国垮台，雨果回到法国，受到巴黎人民最隆重热烈的欢迎。他追随时代进步，也投入更实际的工作中。他探望伤员，捐款买大炮。他也完成了最后一部长篇《九三年》。

有故事的法国

生活的激情

雨果不仅能写善画,他还喜欢制作。书房中的书桌就是他自己设计并打造的。桌子的四角,都配有装墨水的小盒、纸、笔。他和其他三位好友就在这桌前聊天。有了灵感,马上就用鹅毛笔记录下来。不仅是同行巴尔扎克、大仲马,连音乐家李斯特、罗西尼也都是他的座上客。雨果还专门设计了衣箱送给儿子弗朗索瓦。箱面雕有中国凤凰,配以黄花绿叶,以及两人名字的缩写。

还有一张小桌,是雨果夫人为救济孤儿的义卖设计的。桌上有乔治·桑、大仲马等人所赠的墨水瓶、打火机、笔等。义卖没有成功,雨果只好自己买下这些

东西。

　　雨果的一生曲折有致，丰富壮丽。他故居的调子也反映了他的华美、丰盛。无论是客厅、书房还是卧室，都用法兰西壁纸烘托出瑰丽的氛围。三层最里间是他的卧室。红色调的屋顶、墙、窗帘、地毯、四柱的法国路易十三时代的木雕床，再配上猩红色的丝绒沙发，给人无限奢华的感觉。

　　而在滑铁卢战场上，他不仅捡回了几颗子弹，也捡回了干花和马蹄铁。它们并排陈列着，也让人感慨颇多。

　　1881年2月26日，60万巴黎人在他窗前游行，庆贺他的八十大寿。我望着窗外安静的孚日广场，遥想那天是怎样一个盛大欢庆的场面。那么多人认识他的家，会不会总有今天所说的"粉丝"前来打扰？或者，他们善解人意，只在窗下的孚日广场，偶尔能望到写书闲时，端着咖啡静望楼下的雨果？

　　去世前两年，他在遗嘱里宣布捐给穷人5万法郎，希望用穷人的马车把自己的灵柩送到墓地。1885年5月18日他去世时，法国在凯旋门下为他举行了隆重的国葬。送葬的人来自世界各地，有200万之众。他的遗体被送进了伟人公墓。那儿的门楣上刻着："伟人们，祖国感谢你们。"

　　很多法国人从来不觉得雨果已经离开了100多年。与法国人聊天时，我故意笑着说："去过他家几次，从来没有见过他。"他们却淡然而肯定地说："他是度假去了。"

第七章
马赛，流浪者的天堂

谢恩牌

初次来马赛时，我住在老港西岸。第一天晚上，偶然推窗，我便看见了想象中的景色：辉煌灯火，柔媚水波，安静小船。但是，老港背后，缀着几点光亮的夜幕中，有什么漂浮在半空，光芒四射。我心一颤，以为邂逅了神迹。

其实，那是雅典卫城般高高在上的、马赛的贾尔德圣母院。在海上很远的地方就能望到此地，它是马赛的标志。它俯瞰马赛，佑护往来船只。

现在，我在老港，乘60路车去那里。

这座拜占庭式的白建筑，坐落在一百五六十米的小山上。五六十米高的钟楼上耸立着的，正是护佑其子民的BONNE MERE（好妈妈）圣母像。八月艳阳下，它金光闪闪。

圣母院的教堂里，有许多船模，为海上人祈求平安所用。

让我想起了里斯本航海博物馆和航海纪念碑。15世纪，当时不足100万人口的葡萄牙，却引领了大航海时代的来临。那是跌宕、壮阔的年代，许多水手却是有去无回。他们在海上经波历浪；他们的家人，也为他们日夜祈祷吧。《里斯本啊，航海者的家乡》，那歌声里一定有很多思念，很多祝福，很多心碎。所以，法多（法多又称为悲歌，实际上它是由歌曲和器乐两部分组成的，歌声充满悲切、哀怨之情）就成了葡萄牙人民的最爱。水手的家人用这种悲歌，调唱忧伤。"你又扬帆远去，何日能归？"水手也用这种水手之歌，感叹命运，抚慰伤痛情怀。

我也忆起京都清水寺。那平安神宫前的祈愿牌上，写满了日本人五花八门的愿望。

我们自认卑微，因而相信外力的掌控。我们抬头，在够不着的天与我们寄生

的大地间，建立起我们的神。

神仙们祥和闲静，用一贯的安然，面对众生百相。

海上浊浪千尺时，马赛渔人或呢喃或高喊："贾尔德圣母为我们祈祷。"而风平浪静的清晨，微风轻拂的午后，会不会有人感恩：鸣谢神赐予万物此刻的静美。

不管怎样，神仙给我们带来内心的安宁，给我们本来就存在于自身的勇气。马赛人从海上平安归来，送谢恩牌到圣母院。那么多那么多的谢恩牌送来于此，圣母院便也以收集这个闻名于世。

从这里的平台，可眺望整个马赛。被碧蓝的地中海拥着，它美丽非凡。粗朗的马赛，从这样的距离看，静若处子。静若处子的，更有那远处的伊夫岛、福瑞尔岛。那近看粗砺的白岩石，在拥绕的海中是如此明雅的白色。改变个角度，感受便完全不同。

朗朗蓝天下，蓝碧大水上，是悠悠白帆、迅疾快艇。在这个蓝色星球上，现代人已无欲征服远方。

可是，这世上是否有那样一个地方呢，不管如何努力，我们终究无法抵达？

有故事的法国

齐达内的小巷

来马赛前,我让几个法国人用一句话描述马赛。

"你可能不喜欢它,但你无法忽略它。"

"粗俗,但颇具魅力。"

我原来的法语老师则从桌上拿起包,背到肩上,说:"在法国其他地方,我们都这么走路。"她摇摇摆摆,神情怡然,"但是,到了马赛。"她突然紧张,四处张望,把包紧抱到胸前。

一百人眼中的马赛有一百个样子,但有一点:你不走进它,便无法了解它。

这是齐达内曾经生活、现在仍不时回来的卡斯特拉内。贫民区因毒品和高犯罪率而恶名远扬。

2006年世界杯,齐达内用头撞向马特拉齐。举世哗然之际,有人又开始指向他的出身:"一个生在那种烂地方的人,你怎能要求他像个绅士?"

绅士,就是有人威胁到你的尊严时,你仍颔首微笑吗?就男人而言,尊严要用生命去捍卫。为了捍卫尊严而用头撞对手,我反而觉得还很绅士。换我,我会像马拉多纳那样,用脚踢。

那么多名人,成功后仓皇逃离自己的过往。齐达内却一直保留此地的住址,不时回来居住。

这确是美丽马赛的另外一面。街巷狭小、脏、乱,很多地方气味不好。我眼里一直温顺的阿拉伯女人,竟会在这里动粗。两个女人对打,周围人哄笑着微劝。闲坐的老头用生硬的眼光打量你,游荡的小伙用晃动的肩膀挑衅你。

这是贫苦生活中真实的一面,也是太想保护自己而做出的姿态。如果你显露出自己和他们并无不同,不因探究丑恶才来这里,不对身边脚下的脏乱太过敏感；要信步，而不是警戒地东张西望，那么，他们向你展现的世界，马上会是另外的样子：楼上的老太，把向上开的细百叶窗顶在头上，跟你招呼；硬犟的老头变得慈祥；孩子们沉默的好奇，变成对你的欢腾围绕。

你的眼光变了，你就能看到这里温暖的一面。刚做完黄昏祷的男人们，正在清真寺里躬身冲洗；一个肥胖的女子懒懒地推开门，走出来喂猫；孩子们在兴奋地踢足球——那小孩，也就7岁，转身之际，竟用两脚交替踩球，改变球的方向，这不是马赛回旋吗？那是齐达内在马赛队时常做的过人动作。一开始人们把这叫"齐达内回旋"，可他谦虚，说叫"马赛回旋"。这孩子玩的回旋，是齐达内亲授的吗？他的确不时回来给这里的孩子普及足球。不是"齐达内"，在这里，卡斯特拉内，大家都叫他"亚齐"。他喜欢别人称呼他"亚齐"。

亲热的招呼，古斯古斯（一种颗粒状的麦制品，是南地中海沿岸的特色食物）的香味，缠绕不绝的阿拉伯音乐，我仿佛看到亚齐回家时的样子。那时，他将一改平日的沉默吧？那时，他绿荫场上略带忧郁的微笑，一定很阳光。

塞萨尔·巴尔达西尼是法国当代最著名的现代派雕塑家，同样出生在马赛贫民区。为了生存，他什么都干过，凭着那些"歪门邪道"，活了下来。他想做雕塑，可没钱。他想到人们意想不到的原料：废铁。这种反叛，却正体现了消费社会中人性的扭曲。看到报废的汽车，他也受启发，像电压机一样挤压出各种艺术品。就像巴黎人对马赛人的不屑一样，学院派对他的作品嗤之以鼻，然而贵妇们喜欢。诺阿依子爵夫人的吉姆车——巴黎唯一的一辆，都送到他这来挤压。体积变成了原来的十分之一，价格却涨了30倍。世界各地的女人都回家翻箱倒柜，把家传珠宝拿来请他挤压。人们从这些作品中看到了宣言，一种新达达主义崛起。他因此而驰名国际。他出身低下，出名后，他不摆谱，更不造作。1990年，他获奖200万法郎的《维纳斯》，名字叫"维勒内斯的维纳斯"。维勒内斯是一个废品站的名字。人们崇拜他，但他说："我可不是知识分子，我只不过喜欢摆弄摆弄。"他天真、率性，甚至淘气，整个巴黎人都喜欢他。1998年，他去世时，总统希拉克深切哀悼，称他象征着"变动中的现代艺术"。

有故事的法国

当然，我最近一次涉险，也在这条弯曲小巷。我听从众多劝告，把照相瘾暂时收敛。但是，总不能甩手自在，什么都不带吧？开始被这里的人热情招呼后，我的警惕随之消失。然而，在我刚刚步入另一条小巷，随着一声"抢东西"，我的包被飞速地从我手上夺到了别人手上。从未见过也从未听过如此明目张胆的抢劫，我为马赛人与众不同的豪放吃了一惊。既然他有声抢劫，那我也言声吧。"把护照还我！"我一边喊，一边追。在这陌生街巷，我怎样奔跑也不是他的对手，我想得更多的是：马上去报案。然而，那么令我吃惊，他突然停下，转身面对我。

这一刻，我想到我老妈。多年前，她骑自行车，包放在前面车筐里。她停下买东西，小偷神速将她的包拿走。我老妈不像我擅长以柔克刚。她大叫一声："小偷！拿我东西干吗？"那人一定是被我老妈的气势吓坏了，扔下包，非常"讲理地"说："还你还不行吗？"

我老家另外一个有声抢劫的例子，则是另外一个样子。那人抢去一个姑娘的金项链。这姑娘没去追他，过了一会儿，他反回来找这姑娘。啪啪——他扇了姑娘两耳光，说："臭不要脸的，拿这假东西哄我！？"

其实，刚才我追他时并没有多少恐惧。身无分文，护照都被偷走的戏剧场面，在巴塞罗纳上演过。可是，此时他转过身来，我真惊悸了。难道想杀我？你不喊着抢，我也不会喊着追呀。不对，追小偷，都是喊着追。我在摆弄这寻常逻辑时，却看到不合逻辑的一幕：他双手捧包，奉还给我。

我没敢接。我怕他突然撤走，继而举包抡我脑袋。自从高中体育课头被铅球砸后，我最害怕的就是头被打。

他看出我的恐惧，迭声说："对不起，我是跟你开玩笑的。"

"开玩笑？有这么开的吗？"我不满，却马上想起了，我也和别人开过同样的玩笑。一个

朋友久等我发愣时,我偷偷靠近他,快速抢下他的公文包。他第一个反应是追。当他看到是我,旋即停下,差点笑死。那是在邮局门前,保安看到他追着高喊,便发动群众一起追我。我万没想到会那么尴尬。我只知银行门前有保安,谁知邮局门前也有。

那是平安北京的闹市区,开玩笑的是个熟人。现在,是在恶名昭著的马赛贫民区,对方是个不认识的流浪汉,我怎相信?怕被诈,我说完那句话,仍没动。

"可能真吓坏了你,对不起。"他说,弯腰把包放在左手边那户人家的台阶上,转身走开。

我还是没动。亏得审慎了,他马上又转身面对我。

这是个中年男子,戴牛仔帽,穿很短的牛仔短裤,花衬衣没系一个纽扣,袒露着毛发很重的胸部。还想干吗呀?我的心,比这黄昏的小巷提早进入黑夜。却见他把自己的双肩包从肩上拿下,把系在上面的绒毛小熊摘下:"这是我的吉祥物,送给你吧。它会保佑你平安。"

我婉言谢绝。本来我对他的打扮有些反感,但这双肩包上的绒毛小熊,却让我感到另外的什么。

他离开了,一边唱着:"我伤害了一个姑娘,心里无比悲伤。"

有故事的法国

　　这特别的小巷，特别的事件，让我心生异样。这异样的心，让我的行动也反常起来。见一个小伙子坐在台阶上吃阿拉伯大饼，我慢慢走向他，说："我非常非常饿。"很显然，他听懂了。他异常惊愕。他一定不曾见过我这样打扮的人向他要东西。他撕了一半饼，递给我。我本来准备接，却马上转身了。因为我忍不住要笑了。我是跟他开玩笑的，可是，我见他稍微犹豫一下，把手里另外半张饼也递给我时，我的眼眶湿润了。

　　他有卷曲的头发，大大的眼睛，长长的睫毛，穿着有两个洞的土黄色背心。

　　会有人在这里真正历险。法国以贩毒、凶杀、暴力为主题的电影，总把背景放在马赛。马赛人确实也容易生事：鲁莽、唐突，甚至撒野。但是，即便被挤在一角，即便在命运的狂暴波澜后，他们仍存有内心的真诚，心灵望向的美好。

　　不知这是不是1972年奥斯卡获奖影片《马赛贩毒网》中，Humphrey Bogart（亨弗莱·鲍嘉）安闲走过的地方。不知这是不是《1、2、3太阳》中，那个马赛小女孩观察她奇怪的多民族邻居的地方。但我感觉得出，这个贫民区的人，是会向命运抗争的人；在生活的磨难后，他们也有自己的浪漫。一如罗伯特·盖迪吉安拍出的理想主义电影《马里于斯和让内特》。他是码头工人的儿子，同样成长于马赛贫民区。

　　那时，飞机还未发明。远方的人都是乘船而来，多从这里登陆欧洲。马赛是各种文化融合之地，"自愿聆听初生者细微的呢喃"。这和马赛国际纪录片电影节"自诩的任务"那么相似："开拓电影最广泛多样的形式，让影片为我们重建世界敏锐的多样性、当下的忧虑和今昔如一的冒险。"

第七章 马赛，流浪者的天堂

马赛的撒哈拉

地下停车场的电梯间里，有我和一个男人。再进来一个尚可，但她嬉笑着，拉着一个女孩一起挤进来。

她也没有在电梯关门之前，调整一下方向，冲电梯门站立。她跟我面对面，几乎没有距离。我不能转过身去。背对人去面壁，那多做作。

这不是常人感觉到舒适安全的距离，但她也是女子，能怎样？

她笑着，与一般礼貌性的微笑不同，她的笑容一直那么绽放着，仿佛要一直开到我脸上似的。

我一下子弄不清她的意思。难道没见过东方人吗？或者，我脸上有什么不对？紧接着，令我吃惊的事发生了。她伸出右手食指，轻轻按了的我鼻尖儿。一个异性这么做，你不扇他一耳光，也得骂两句。可这漂亮女孩是那样好奇、调皮的神情。虽然，有那么隐隐的不怀好意。

也不能白让她碰呀。我也去她的鼻子上按一下。

她笑得愈加厉害。继而，拿起身边另一个女孩的手又来按我。

我又还一报。

电梯也出问题，在0层（法国和从前的法属殖民地都是从0层，而不是从1层算起）开不了门，回到了地下两回。

她接着按我鼻子。很显然，她没喝醉，神经也正常。

接着按她？我没有兴致。我不想喝斥她，沉默又觉得尴尬，我半转身，和另外那女孩说话。

她们来自巴黎，在这里度假。

她还够着想按我鼻子。说话的女孩有些生气，说"够了"。

电梯又到0层，开了。我和说话的女孩道再见。

逛完Shopping Mall里的博物馆，准备去买墨镜时，我又在洗手间门前见到了她们。按我鼻子的姑娘还不说话，却又重复了那动作。我也以牙还牙。

她们两人身上都没零钱。我掏了0.6欧元给她们。我在巴黎没零钱买地铁票时，也曾有人送票给我。

我们又简单聊了几句。说话的叫艾玛，按我鼻子的叫撒哈。

"这么漂亮的姑娘，却是个哑巴。太可惜了。"我道。

哑巴通常也聋吧，她听不见，还笑。

艾玛也笑："她喝酒喝多了，只是今天没说话。"

我坐在这家室外有巨大电扇的咖啡馆里，举起相机，准备照对面那个全身披挂的塑像彩牛。这时候三个青年坐下，挡住了我的视线。相机已经举起，我把他们收了进来。

我照过那么多人。有的人发现后重新为我摆姿势，有的人耸肩摊手表示不满，可未曾遇到这样的：三个人中有一个人立刻掏出手机对准了我。还我一报后，他对我颔首微笑。

巧合的是，他们三个竟是在这里等撒哈和艾玛的！两个女孩和他们一一吻过

面颊。撒哈坐下,突然发现我,眼睛顿时瞪大。她跑过来,先按下我鼻子,然后拥抱我。

纵然三次见面的地点不过两条街区之内,但也够让人惊异了。我被她拥抱后,补按下她的鼻头。

刚才我偷着按过自己的。和她们的是不一样,她们鼻子高,鼻头肉也多,按下去不会马上弹回来,要等片刻。认识那么多法国人,还没有按过别人的鼻子。在中国也没有吧?

撒哈能讲话了。她说归功于我,"因为我有强烈的、强烈的和你说话的欲望。"

我白她一眼:"什么说话呀,上来就动手。"

"看你鼻子长得小巧可爱。我没办法,总不能上来就吻你吧?"她大喘着气。

"她在见你之前,确实有十几个小时没吱声了。"艾玛说,"这几天我一直和她在一起。"

能说话了,但撒哈还是神神道道的。于是我和她讲话也是这口气。"艾玛、撒哈,这两个名字我总分不清,但如果叫你撒哈拉,那我一下子就记住了。"

"可以呀,"撒哈转身,手搭凉棚,脖子伸得长长的,"在马赛,眺望北非，这不错嘛。"

我开始叫她撒哈拉。

各自自我介绍后，我知道了，那个拿手机照我的男孩叫坦格利。坦格利和艾玛几个，都是马赛人。

撒哈拉要感谢我，原因是我终于能让她讲话了。请我吃饭？那好啊。其他几人不去，他们要了比萨回去，吃完准备玩"杀人游戏"。

"要不你也去玩吧。"我劝撒哈拉。

"没有对手。"她洋洋得意，"要玩，我就去伦敦玩街头的暗杀游戏。"

我没听说过这个，她遂给我扫盲。那是网络游戏的现实版，只是用于暗杀的武器是水枪。末了，撒哈拉邀请我："跟我去伦敦也玩这个？"

"不敢。"我摆手，"我一个朋友去玩丛林战。还没瞄准靶子呢，别人的枪却突然走火，打中了她的眼睛。"

"别跟她去。"艾玛阻止，"那是模拟犯罪行为的暴力游戏，警方已经呼吁终止它了。"

撒哈拉取笑她："她当然不敢了。你看她耐风能力都不到二级。"

艾玛确实太瘦。因为减肥，她得了厌食症，正准备去"阿瑟医疗中心"接受"靓衫疗法"。

"就是，"我说，"时装界改变了人们的审美观，女人都瘦身。我们这样的，"我拍拍撒哈拉，"很难做人。"

"你俩也赶潮流啊。"坦格利笑。

撒哈拉抬眼看了看他："行，等吃完晚上这顿再说。"

第七章 马赛：流浪者的天堂

能否吃昏过去

"你来过这家餐馆？"撒哈拉好奇地问。

"没有。"

"那你厉害。一下子就能把它从众多餐馆里认出来。"

"你可以判断，"我说，"占着最好位置的餐馆，不一定东西好吃，他们卖的是风景。因为位置好，走一拨，会再来一拨，他们不在乎回头客。我的经验是，在离景区不太远的巷子里找。"

这是St-Saens（圣桑）路。Quai de Rive Neuve（新码头河岸路）路上，从北向南，第一条街左拐进去便是。

"你在这里看一分钟，便能辨认出哪家餐馆受人欢迎。"我接着说，"餐厅的环境、服务生的态度。"

"你还未进去享受服务，如何知道服务生的态度？"

"最好的餐馆，服务生不会站在门前拉客。他们不卑不亢，像最好的空中先生一样。而且，从外面的菜单，你也能看出大概。"我笑，"我一般还会把这餐馆当天没有的菜点出来。"

撒哈拉不信。

"我也没说一定。我说的是一般情况下。"

她笑我退缩了。

我选的是LA DAURADE（黑棘鲷）餐馆。它装饰典雅，有漂亮的穹顶。美丽的贝壳灯发出柔和的光，仿佛是在海里。

我点Provencal bourrid（普罗旺斯蒜泥蛋黄酱鱼汤）。撒哈拉要的是Super panache（超级海鲜拼盘）。

马赛的东西好吃,又不像一般西餐分量就那么一点点。我们都只点了一道菜。

"对不起,你要的没有。"服务生对我微微躬身。

我笑了。

撒哈拉把我的菜谱抢过去,看了一眼,噘嘴道:"这个不算。这个菜谱上写着呢。"

我拿过来一瞧。果然。"可我刚才没看到。这法语又不是我的母语,"我数了数,"31个单词后(菜单上就是这么长长的一串)面,'需要预定'才出现,我哪能看得这么快呀?"

"不管不管,反正不算。"

让着她好了。我看这里有"特别的马赛鱼汤",便换了这个。

外国人真实在,菜谱上不仅写着这菜的内容是什么,而且数量多少,人家也注明:六只牡蛎、六只蛤、六只贻贝、六只海胆。

"海胆今天没有,给你换六只牡蛎行吗?"服务生征求撒哈拉的意见。

我赶紧说行。小时候想象的法国上等人的生活,就是吃牡蛎。都是因为《我的叔叔于勒》。法国人确实看重那东西。几年前在巴黎,一个朋友有些炫耀地说有人送牡蛎给她,这东西怎么怎么好。这东西实在是太好了,因而她要送几只给我。"忘记告诉你怎么吃了。"她回去又打来电话。亏得她说一声,不然我就清蒸了。清蒸容易,可这生吃,光把它们一一撬开,就几乎要耗费一晚上的时间,还得下楼去超市买两个柠檬搭配。不过,它们的味道确实鲜美。后来我在北京亚运村的一家法国餐厅吃过,一盘也就五六个吧,花了五百多元。现在是12只,再加上蛤、贻贝,才26.5欧元,多值。

西餐本来是各吃各的。我和他们在一起,却往往share。估计是我总想先尝人家盘里的吧?比如此时。

海鲜拼盘,我以为是盘子,端上来的却是一只大锅。用冰冰着的海藻上,是那些可爱的海鲜。除了菜谱上写的食材以外,还有四只大虾、半只大螃蟹。

就知马赛实在,刚才我没多吃,只尝了片面包干。

一会儿,"特别的马赛鱼汤"也上来了。24欧的鱼汤可不如海鲜拼盘划算。虽有半只龙虾,但我对熟龙虾不感冒,给撒哈拉,她也不要。我们都只吃她点的那盘。

把如此著名的马赛鱼汤浪费掉,我觉得不合适,便不时耐着性子吃几口,把里面的贻贝吃了。

坐下前很饿。现在,没觉得吃很多,却感觉饱了。这时候,撒哈拉说:"咱们再来份海鲜拼盘?"我的理智告诉我,我们俩肯定吃不了,但我说的却是:"等会儿再看看。"心里的决心和理智和说出的话,都没有关系。如果她再说两遍,我一定同意。

5分钟内,她果然又重复了两遍。最后一次,她话音刚落,我发现自己连忙点头:"好好。"

得知我们再要一份时,服务生有些惊愕。

服务生走后,我表示不解:"你们平时不都是各吃各的吗?那就说明海鲜拼盘是一个人吃的。我们两个人,要两份也没什么啊。"

撒哈拉笑:"咱还吃了份马赛鱼汤呢。"

嗯,还喝了六瓶可乐。她还吃了小半筐面包。

我们又要一份海鲜拼盘的事一定是传出去了,几个服务生路过我们,都好奇地打量。是有点不好意思吗?另外一锅海鲜端上来前,我慌忙起来去洗手间。返身回来时,我见撒哈拉和服务生正犯急。

"怎么了?"我慌忙上前。

"你看这螃蟹。"她不满。

"怎么了?不新鲜?"我正准备探身闻闻,突然发现,"这螃蟹怎么这么大呀?"

"你看,我朋友也一下就发现了吧。这螃蟹这么大,刚才那螃蟹那么小,你们什么意思?"

我还一心陷在多点的些微尴尬里，我说："觉得我们特能吃，就挑你们厨房里最大的螃蟹。吃——吃死你们。"

"你这么想？"撒哈拉疑惑，"我不是嫌现在的螃蟹大，我是不满刚才的螃蟹小。不比还真不知道。"

服务生乐了，指着锅里的螃蟹（当然也是半个）："这样大的螃蟹，这周才有这一个。觉得你们爱吃这口，所以，挑个最大的给你们。"

撒哈拉对服务生道对不起，然后笑我的想法。这一笑，更吃不下了。

"这也没多少东西啊？""是不是牡蛎吃多了？""你还行吗？不会昏倒吧？""咱俩起码得有一个清醒吧？""不行，我得歇会儿。"

我们一边享受着绝美海鲜，一边顾虑重重。这世界上，绝对的幸福，估计没有。

把它们都吃了？扔这儿？打包？我们探讨半天。期间又喝了两大瓶水。

去年夏天，我新添了头晕的毛病。一遇问题，便有想昏倒的冲动。可是，因吃东西倒地，那不成大笑话了吗？但如果我真晕了，不晓得会发生什么。我的朋友，是刚认识的。她的同伙，可还有四个。

"牡蛎吃多了会中毒吗？"我摸摸自己的肚子，仔细感觉有否异样。

"没听说过。我只听过老港的人这么吆喝——"她学起来，"牡蛎，吃牡蛎啦，保护心脏，调节血脂，控制血压。牡蛎，牡蛎，'海中牛奶'。牡蛎牡蛎，'海洋的玛娜'。"

我快笑死了。老港的早市，那些叫卖的，就是这口气。

不能贪吃美味昏死过去，我们还是决定打包。可是我们不清楚这样的东西人家给不给打包，另外，这样的东西拿回去，多半也是扔。

"当然，如果你们愿意，可以打啊。"服务生说完，马上走掉。我怀疑他是跑到后厨去笑了：明知你们吃不了。

我心里也愤愤不平：那你不提醒一下？

其实也没吃得特别多吧，但这螃蟹、虾，都是费功夫的。我们都好这口儿，

仔细咂摸，战线拉得太长。这餐馆，又不能像家里那么吃。

嘿嘿，这剩下的壳子，也挺壮观。又是两个女子吃的，怪不得人家笑话。

作为晚上最后一桌客人走出餐厅，我们提着几乎没人提的快餐盒。

"我真怕咱俩昏死过去。那明天的早市，这消息就会传播出去。"

她满不在乎地嘿嘿一笑。

夜宿海上星空下

忘记问艾玛几个在哪里玩了,打手机又都关机。

"你与他们,"我说,"也和我一样,萍水之交吧?"

"是萍水相逢,可都认识五六年,早成老友了。昨晚睡的就是艾玛家。"撒哈拉已露倦意,"要不,今晚去你那里睡?"

"我刚从艾克斯过来,还没找酒店呢。"

"感觉你对马赛不陌生啊。"

"以前来过。你在这里除了他们,不认识别人?"

"我有更老的老友在富瑞尔岛。可八点半后没有船了。"

老港附近有很多酒店。可带一个刚认识的女孩回去?我借口说旅游旺季,下午找过了,根本没有房。

"唉,"她叹,"咱俩流浪街头吧。"

马赛恶劣的治安声名远播,这么晚,我们不敢乱窜,就在老港附近晃,等艾玛几人的电话过来。

他们早把我们忘在"天黑请闭眼"后面了。有几次,我真想去找酒店。可是,在这种旺季,真得找那么四五家才能找到。况且这时上门,估计没人接待。最顾虑的,还是这个刚认识的朋友。直觉告诉我不会有危险,但我还是不敢一试。毕竟,在这不时有人走过的街上更安全些。何况,一辆警车还停在岸边。

实在困顿,我们在岸边坐下。漫天璀璨星辰,满海清净光波。可是却不符合我们眼下的心境。

"要不,咱俩把这剩下的海鲜干掉?"

她无可奈何地说"好"。

第七章 马赛，流浪者的天堂

刚吃两口，巡警过来了："干吗呢？"

"吃东西啊。"

"吃什么？"

"你自己看不到？"

"半夜，在这吃牡蛎？"

"有法律规定不能夜里在这吃牡蛎吗？"

"怎么不回去睡觉？"

"酒店没空房，要不，去你们车里睡会儿？"

"还是在这儿待着吧。注意安全。"

我们在星光下，接着吃，一边吃一边打哈欠。

"你猜我听见什么了？"我怕她睡过去。

"什么？"她无精打采。

"我听见牡蛎说：'还没有人对我们如此怠慢。谁见了我们，不是双眼放光？'"

"它们还活着吗？要么放回海里去吧。"

这样的夜，海都睡着了。夏季午夜的凉风，掠过海微微晃动的梦。

"他们不会给我们打电话了。"撒哈拉突然精神起来，"明天要乘坦格利的船出海。他们今晚不会玩太狠。有主意了。"她站起来，拉着我的手就跑，"我们可以现在就上船。"

"真的？"我望见自己的美梦，轻轻摇荡在地中海上。

"你认识坦格利的船？你有钥匙？"

她不认识，更没有钥匙，但我们已经跳上了一艘船。

"那行吗？"

"管他呢。如果有人来，就说弄错了。"

嘿，她也就是逗我玩。我们跳上的是快艇，没有室内房间。

"在岸边，没准困了睡着就掉水里去了。这里没事。"她说着，已经开始打盹。

我想起《失踪的水手》。阿尔德巴兰号邮船，经多年航行已年老失修，只好停在马赛港……我知道了，为什么以马赛为背景的电影，不是凶杀，就是冒险。

船儿微微摇荡，安详的水声。

太阳出来了，没事干。趁天热前，把螃蟹干掉。

开始有渔船驶入老港了，爽朗地问候："你们早啊，都做好吃上了？"

我们笑了。

港口落水

和一个新认识的朋友,去看他们的老朋友,这样的事还不少。不能空手去吧,我准备买束鲜花。可花店在哪?

一会儿,撒哈拉抱了一盆蜀葵回来。

"你够快的。"我疑惑着,她真是豪放,像马赛人。谁送盆花当礼物呀?

她比我想的更不羁。这花,是她从街口一户人家的窗台上拿来的。

我坚决不同意,把花送回到那个绿色木百叶窗下。

"你真死性。"她说,"我已经付钱了。"

我们又在窗台上找她的五欧元钢蹦儿。

二层浇花的男人不小心,把水淋到我们头上一些。"宿醉未醒吗?"撒哈拉叫。

那人用浑沉的声音说:"早上好啊,姑娘们。"

早上淡金色的阳光照着对面的小咖啡馆。室外的藤编椅上,坐着几个闲散旅人。羊角面包的香味飘过来。小巷,一半沉睡在阴影下,一半舒展在阳光里。浩蓝天空,掠过海鸥洁白的翅膀。

我决定俗气一些,送鱼给撒哈拉老友。这鱼也不便宜呢,一公斤都是十几二十欧。本来要准备买龙腾了,可不清楚卖鱼的怎么惹撒哈拉了,她把装鱼的红塑料盆给人家翻扣在案板上。我们只好另换卖家,买了海鳝和狗鱼。狗鱼,也叫羊鱼,长得有些像石斑鱼,只是较小。马赛的中国人喜欢吃这个,把它叫作小红鱼。

种类繁多的鱼、精挑细选的买家、高声吆喝的卖家、好奇的游人,老港用壮观的鱼市喧嚷起马赛一天的繁华。

有
故
事
的
法
国

忽见一处卖水果的，红红的甜香草莓、大大紫紫的酸甜覆盆子、紫色的浆果。我们买了浆果，我不洗就吃了。撒哈拉不吃，她喜欢吃巧克力。

艾玛和坦格利并肩而来，穿着情侣装，神清气爽。JEZEQUEL牌的休闲装——艾玛是海蓝色的及膝短裤、红上衣；坦格利是红色短裤、海蓝色上衣。哦，这不是情侣装。他们后面，昨天的另外两个男孩也和坦格利同样打扮，只是蓝上衣的条纹不一样。四个人，都戴着漂亮的白色鸭舌帽。

"干吗？时装表演呀？"撒哈拉叫道。

他们给撒哈拉带来了一顶一样的帽子。"不知道你和我们同去，对不起，没给你带。"坦格利抱歉地对我说。

撒哈拉把她的扣在我头上。我准备还给她，可此时正吃得一手紫色，"我去卖鱼的那里弄点水来洗手。"

"那水多脏呀。"坦格利说，然后开始玩高难度。他左腿紧贴岸边站立，右腿高高抬起。他的身体低低地左倾，左臂伸直，手掌拢起。这动作实在太难，他像一条从鱼市场逃脱的大鱼，重新跳荡回了水里。

我惊叫。他们几个狂笑。岸边的人，丝毫没有反应。

马上，坦格利浮出海面。我以为他直接爬上了快艇呢，那么出乎我意外，他捧水给我。

"如果我成功了，我只能送你一手心儿水。现在，我能送你一捧。"他笑着，早上的阳光，照着他被水浸湿的年轻的脸。

在马赛，你会觉得巴黎的浪漫是那么程式化，无外乎烛光、美酒、音乐、美食。

这是盛夏八月，但此时，水一定还沁凉。我担心坦格利感冒了，但那几个人却只是笑吟吟地看着："管他呢。"

"昨晚的马赛鱼汤吃得怎么样？"艾玛问。

撒哈拉长叹一声。

马赛鱼汤的来历有二，马赛的来历也同样。其一是说一个航海家来参加南尼国王的宴会，被国王的女儿看上。国王将海滨的百余英亩土地划给这对坠入爱河的年轻人。他们在新土地上建立起马赛。另外的传说是，从Phocée（弗凯亚）来的古希腊水手登陆此地，建立起马赛。不过两个时间非常接近，前者是公元前599年，后者是公元前600年。我想后者的可能性更大，因为，现在马赛人的别称就是Phocéen。

也可能，那个叫普罗提斯的航海家，就是那希腊水手中的一员？这问题，估计一时半会儿考证不清。

不管怎样，这个法国最古老的城市，与水手、航海家密不可分。每个港口城市，都会和海、水手相关，可马赛，水手的气质已浸润至它的灵魂。好坏参半的诸多过往，粗俗不羁，率真包容，还有那么点儿沧桑的魅力。

停在老港的船可太多了，千帆林立。

老港口很老，建于2600年前。老港也不老，重建于二战后。

"法国人是坏天气里的朋友。平时会有一些小摩擦，但暴风雨来时，他会和你一起站在甲板上。"我想起一个美国海军军官的话。"坏天气里"，世人震惊于他们的勇敢、壮怀激烈。彼时二战，法国停泊于马赛老港的军舰，拒绝投降纳粹，全部自沉。

那是世界对马赛的又一次刮目相看。前一次，法国大革命时期，马赛人高唱《莱茵河战歌》挺进巴黎，高昂的斗志鼓舞了沿途人民。其实，那首歌并不诞生自马赛，而是斯特拉斯堡的歌，鲁日·德·李尔上尉酒后的豪情之作，暗合了马赛人为自由而生的心灵。所以一经他们肺腑之合唱，便腾空而出磅礴气势。那市长酒窖中的最后一瓶酒，上尉一定没少喝，他千思百绪，竟写了那么长的歌。现在，通常只演奏这歌的第一、第六段。现在——不，很久了，这首《莱茵河战歌》被称为《马赛曲》，成为众所周知的法兰西国歌。"用敌人的脏血来浇灌我们的田地"，呵呵，我想这歌词，倒真挺像马赛人写的。

此时，撒哈拉几个高唱着这歌。我们乘坐的快艇，跳荡在浪上，向富瑞尔岛挺进。

也许是马赛让撒哈拉举止如此吧，也或是兴奋使然。她男友一周前成为法国品酒委员会的成员了。在法国，这职位可是严格控制的，必须是一个老的去世了，才能补充新人进来。法国品酒委员会的成员，一定斯文妥帖吧，该和撒哈拉的气质相去甚远。

也是马赛，让我如此轻率吧？刚认识，便敢上他们的船。可是，世上哪种浪漫，是坐在家里发生的？浪漫，不就是心里最真的梦吗？想干吗就干吗，只做而不想结局。

刚才想什么来着？法国人是"坏天气里的朋友"？而这样的"好天气里"，也是哥们儿呢。

冲出U形的内港，两边分别是圣约翰城堡和圣尼古拉城堡。这修建于路易十四时代的工事，使马赛成为一个易守难攻的港口。1832年，马赛的港口吞吐量已位居世界第三，仅次于伦敦和利物浦。19世纪，法国殖民扩张，马赛也成为法国向西非和北非挺进的前沿。他们把财富带回法国，把法国的文化传播出去。西非的黑人、北非的阿拉伯人，也做起了浪漫的法国梦。

古代的工事，提醒着危险曾经存在。现代社会的危险，多数是那看不到的

第七章 马赛，流浪者的天堂

吧？今天天快亮时，撒哈拉让我和他们一同出海，我心里还打了一会儿鼓。旋即想：有什么？至多是把我推到海里吧。刚才坦格利为我落水，我的心塌实了不少。可是，也有那样的人吧，开始待你热情至殷勤，想不到的一天，却突然害你？

于事后的安全里回忆当初的忐忑，我们总会想：为何当时不全心领受那奇妙？可是，下一个奇遇不期而至时，我们总是一样想象险象，心怀警戒。

"爱德蒙先生，跳下来吧。我们有船在此接你。"船过伊夫岛，撒哈拉大叫。

"这不是骗人吗？"我说，"人家来了，一跳，还不是跳到海里去？"

"对不起，风大浪高，靠不了岸，我们稍后再来。"撒哈拉回头叫，好像城堡上真站着等着救命的人。

说话间，快艇已远离了那座石灰岩小岛。这是伊夫岛，是《基督山恩仇记》的主角受人陷害后被关押的地方。

撒哈拉对流浪冒险复仇的故事特感兴趣。出生于巴黎的她，来到的第一个外省城市便是马赛，而伊夫岛是她在马赛的第一站。我此前来过这里。它的吊桥、监狱中央的天井，都使我想起加纳的奴隶堡。小说与现实的区别是：前者可以死里逃生，壮怀激烈地大干一番；后者的命运，从他们走进监狱的那一刻就注定了，再不会更改。不过看到有些牢房有壁炉时，我很好奇。电影《铁面人》的故事，据说也确有其事。那个"铁面人"——国王路易十四的孪生兄弟，传说也曾囚禁于此。他的房间会更好吧？当时我实在好奇，走出博物馆，又去问门口的验票人。原来，

那些有壁炉的是自费牢房。非洲的很多监狱也有自费的。犯人的一日三餐,也要等家人或朋友来送。当然了,进那样的地方,亲朋有理由蔑视或慢怠你,一天送一顿,也就不错了。

我最喜欢的监狱,是西西里的那摩斯监狱。那些在伯罗奔尼撒战争中被俘的希腊战俘,只要能背诵任何一部优秀希腊戏剧中的10行,便能重获自由。悠扬地背诵10行,便能甩膀子轻松出狱——想想,多美。

对安拉非常虔诚的沙特阿拉伯,则有这样的法令:服刑的犯人,如能将《古兰经》背熟,便能减刑一半。这太苛刻,背熟8万字的《古兰经》,谁能行?

我又想起马赛古救济院——现在是地中海考古博物馆的古救济院,是1671年兴建的贫民庇护所,收容那些饥寒交迫的外来移民。虽然贵族们不允许他们随意离开,但我想,这也是马赛与巴黎的不同吧?在巴黎,如果在街头找到这些人,都要送到监狱。

自由到底是什么呢?昨天,伊拉克的一个官员去监狱看望罪犯们。面对罪犯们的抱怨,他说:"我们在外面的人,不比你们好到哪里。你们至少是安全的。"

一个伊拉克女子,现在都不怎么出门了,因为面对随时可能降临的死亡,她还是愿意死在熟悉的家里。

美国士兵,和美国大片一样,把他们的"自由"带到世界各地。

我曾在古救济院长廊下清凉的长椅上坐着望着外面的阳光。当时想的是:不知御用建筑师Pierre Puget(皮埃尔·普杰)设计这个的时候,与设计凡尔赛宫相比,是怎样不同的心情?

不能多想了,富瑞尔岛到了。

没有一个水手是平凡的

2007年出国的前两天,我突然从台阶上摔下,而且场面尴尬。我坐在地上无论如何也起不来,周围则是一群还没有介绍的新朋友。老友Z笑了,指着地上的我说:"这就是洛艺嘉。"然后,他们都坐到台阶上,陪着我。

汉斯比我那时的处境差不了多少,他全身趴在地上。

干吗这时候介绍,不能等会儿吗?我心想。

然而我想错了。汉斯没有丝毫尴尬,他趴在地上,扭头看我们一眼:"杀驴。"(法语"你好")

我们也说"杀驴"。

"等一会儿,我马上结束。"

这就是马赛人与巴黎人的区别吧?在巴黎,人总是那么认真。一个男人,绝不会用他趴在地上的形象与你初次见面。

汉斯翻身而起,与我们一一补行吻礼。虽然初次见面的吻礼大多是象征性的,但我已经感觉到了他浓密的胡茬儿。其实,第一次见面,异性间行吻礼的也不多。但是,你要理解一个老水手的热情和率真。

他又说了句:"杀驴。"

"杀驴"是法语熟人间的问好,一般的问好说"蹦住喝"。"蹦住喝"没有"杀驴"好记,所以我带老爸旅行时,鼓励他说"杀驴",因为偶尔街上的陌生人也这么和我们打招呼。"上去就'杀驴',人家不揍你一顿?"我老爸不敢,因为他心里想的还是中文。后来他独自回国,怎么也得记几个词啊。有天他跑过来问我:"'杀羊'是什么意思来着?"杀羊?怎么变成杀羊了?我乐得不行了。"蹦住喝",也有人说"蹦猪",我让我老爸记这个。终于有天,他大声地

说了。可是,他没说"蹦猪",他说"拱猪"。更料想不到的是,对面的人在中国待过,那人笑着说:"拱猪?好,来一局。"还有一个国内好友,得知我眼下在法国,说了句"我也会法语",然后,把"你好"说成了"摸鱼"。我想,这也是来自"杀驴"吧。光说人家了,我也有因记谐音而错的时候。有一次和一个尼日利亚女人吃饭。我问来自尼日利亚东部的她,在她的村子,"再见"怎么说。她教我。吃完饭,分手时,我和她说"木瓜怒"。她惊异我这么快就记住了,又过来拥抱我。可是,下次见她,我却忘了再见是"木瓜怒"还是"芒果怒"了。

我把以上讲给撒哈拉各位,他们大笑。

汉斯真是撒哈拉的老友,他是她姑父。

"你光看你姑父,不看你姑?"我疑惑。

"着什么急啊?"撒哈拉说,"她为我们准备午餐呢。"

富瑞尔岛是马赛人水上运动的停靠站,桅帆林立,却又有些世外桃源。穿三点的姑娘赤脚安闲地走过;戴专业赛车手帽子的小孩,小腿紧蹬地骑自行车;老太太和她手里牵的大狗一样雄赳赳。沿着长堤,排列着一家家时尚别致的餐厅、酒吧;它们后面的小山上高耸的希腊神庙,颇似帕特农;不知名的紫色毛茸茸的小花束在微微的风里,映着日渐强烈的阳光摇摆;成群的海鸥,在蓝色的水波和蓝天间盘旋。

富瑞尔岛其实是两个岛。上次来前我还想，这自然真奇妙啊，海上的它们，还勾着小小的指头。后来上岛一看，不对呀，那"拉着的手"么笔直，没有创意，一看就不是大自然的鬼斧神工。原来，这个大堤是路易十八时期修建的。传说那之前岛上满是橡树。一场大火后，它们都消失了。还有一种说法，是岛上引进犀牛，把橡树都吃光了。马赛人总是给出两个答案，供你选择，或想象。

撒哈拉的姑姑莱阿是在准备午餐，不过不是专门为我们。她和汉斯在这里开了家餐馆。我以为是到人家里做客，结果却到了餐馆，不禁失望。

餐馆装饰自然，充满木头和海的气息。

听说莱阿正在做马赛鱼汤，我一头扎进厨房。

听说我要学习，莱阿来了精神。

"要用最好的橄榄油。"莱阿把系在头上的绿色带小花的厨娘围巾整了整，开始动手。

最好的橄榄油，地中海沿岸的法国、意大利、希腊、突尼斯，谁都说自己产的橄榄油最好。巴黎人提到懒散、好吹牛，总会说："呵，南部人。"其实，整个地中海都这样。当然了，他们同时笑脸洋溢，热情好客。

用"最好的橄榄油"炒洋葱、蒜、茴香、西红柿，然后加法国香菜。这法国香菜比咱中国的香菜硬，不是中国香菜的清香，而是浓香，且更多是芹菜的味道。很多中国男人总是分不清这香菜和芹菜的区别。也难怪，它的长相、气味，都挺像芹菜。它的名字就叫香芹，它也是欧洲小说中经常出现的那有浪漫名字的"欧芹"。

法国香菜是这里中国人的叫法。意大利的中国人叫意大利香菜。这菜多做菜肴上的装饰，用其煮汤是南欧人的最爱。

我这是看到香菜联想了这么一番。莱阿加的调料可还未结束。月桂、百里香、干橙皮，哇，还有珍贵的番红花。

中国人做鱼，都是先把鱼煎煎，然后调汤。他们是先把汤调好了，再放入鱼肉。他们的程序经常和国人不同。比如吃香蕉，咱是从顶端开始剥皮，他们则从底部。

莱阿用大火烹调（中国炖鱼都是开锅后改文火），我则研究这著名的马赛鱼汤，为什么会放这些调料。

洋葱、西红柿，这是西餐一日不能少的。普罗旺斯的菜肴喜欢放蒜，欧芹是南欧人煮汤的最爱。

据说这是水手老婆发明的给水手暖胃的汤，那放桂皮、茴香当然最合适。桂皮温中健胃，暖腰膝，暖胃寒，治腹冷；茴香温阳散寒，镇痛、抗菌。

番红花也能治伤寒，不过这珍贵的花中仙子更能治伤感。中医用它治忧思郁结、恐惧恍惚，适合深闺怨妇，当然也适合海上经常见不到亲人的水手了。和许多人一样，我原以为又名藏红花的番红花产于西藏。在巴塞罗纳时，才知这东西原产西班牙，后经印度传到西藏。

月桂的药用我不太清楚，不过，这希腊神话中的树木，胜利者的荣冠，那该是凯旋的象征吧——海上的水手凯旋归家。

有麝香味的百里香呢？除了常和鱼类相配，它还是烹饪中的"调和者"，能把许多不同的味道融合在一起。

这么一总结，哇，我不是那么喜欢的马赛鱼汤，竟然在我眼里充满了智慧和温情。我更相信了它是来自渔夫（或水手）的老婆，而不是修道院的女院长。传说这个女院长，因为信徒们不来教堂修行，就在一个周五的斋戒日出人意外地推出这道菜。此后信徒激增，这道菜也慢慢传到民间。

我还想找点什么佐证。我问莱阿怎么看后一个传说。她笑了："这修女，从前也是水手的老婆。"

众人都笑了。

在斋戒日推出这道菜？这不是找揍吗？不过，马赛出什么样的人我都不奇怪。

我问："为什么要放番红花呢？"

第七章 马赛,流浪者的天堂

莱阿道:"它起镇静作用,能去风寒。"

嗯,还是靠谱的。

说了半天,都是调料。这鱼汤的主料,到底放什么,各家可不同。

但不管多不同,必须放的,要有岩鱼。据说,一个富翁乘飞机去马赛喝鱼汤,可是,岩鱼躲在岩石缝里就是不出来。于是,那富翁就等待奇迹出现。

有个如何不能少的主料,也有一定不能放的。"不管多么不同,但一定不能放贝类。"莱阿说。

我反驳:"在颇受赞誉的LA DAURADE餐厅,就有贻贝在里面。"

莱阿哼笑一下,意思是那就不正宗了。

汉斯和莱阿开的是小店,不过,也用了十多种鱼。汉斯说,很多餐馆都是一百多条鱼同煮。我心想,那锅得多大啊。

我不喜欢吃太瓷实的鱼肉,我喜欢吃弄了半天也没吃着什么的贝类。倒是那红棕色的rouille(用红辣椒等制成的酱),我喜欢蘸着面包吃。虽然那面包更应该蘸鱼汤。与我们鱼汤同吃也不同,他们分开盛放。先喝汤,再吃鱼。

117

有故事的法国

dorade aux fines herbes（细香葱烩海鲷），在Chez Mardie（马迪之家）餐馆吃过，但和这里还不太一样。在LA DAURADE没吃着的bourride（蒜泥蛋黄酱炖鱼汤），这回也尝到了。这是用小白鱼等几种地中海鱼，加洋葱、西红柿、香草、橄榄油、蛋黄酱和大蒜炖成的。

我们先喝卡西斯白葡萄酒。一瓶很快喝完了，又开瓶阿尔萨斯白葡萄酒。很奇怪，汉斯不喝。在我印象中，水手都挺能喝的啊！

两杯酒后，莱阿突然拉住我手腕："姑娘，你知道吗？一个生活在陆地上的老人，他的沧桑可能来自时间。一个生活在海上的老人，他的沧桑，几乎都来自经历。"

有道理啊，我等听下文。但撒哈拉几个，一定听多了，跟没听见似的，还接着讲萨科齐是如何在婚礼上爱上人家怀着孕的新娘的。

莱阿嫌吵，停顿着。

"你们就不能歇会儿吗？总统的事儿，何时说来不及？"我道。

"她在海上生活了半年，所以……"撒哈拉说。

"但我从未把自己当成水手。"莱阿纠正，做着手势。

"在海上半年？周围都是男人吧？"我好奇。

"当然。"莱阿颇骄傲地说。

这时，门被推开了。一个叼着烟、戴黑色水手帽子的老头进来了。

莱阿跟他热情拥抱，然后把来者介绍给我们：老水手阿尔芒。

这该由汉斯来介绍吧。可是，汉斯始终不怎么说话，带着水手宽宏、敞亮的笑容。

莱阿把自己的座位让给阿尔芒，给他斟酒，为他布菜。她的热情超出我的想象，她在全是男人的船上，曾与这人有不同寻常的友谊。就如马莉·安娜——她作为现代化学的创

始人之一，氧气的发现者拉瓦西埃的夫人，周围都是男科学家。她在其中广受欢迎，也与经济学家杜邦有非同寻常的"友谊"。

莱阿忙完这些，又对我说："姑娘，记住，没有一个水手是平凡的。"

阿尔芒现在还出海，这是莱阿欣赏他的原由吧？汉斯不行，受风寒，不能接触凉水；心脏做过"搭桥"手术，也受不了海上颠簸。虽然他的儿子代替他站到船上，傲视风浪，但汉斯总还是趁莱阿没看住的时候，时不时违规，就像我们来时看到他趴在地上检修船一样。

地中海的葡萄酒，并不是法国最好的葡萄酒。但和好玩的人在一起，吃什么，喝什么，又有什么重要的？

莱阿是在马赛认识汉斯的。随后她把他带去巴黎见父母，遭到他们的强烈反对。

"得知我爱上这个南欧水手，"莱阿说，"我们全家都反对。只有我弟弟，撒哈她爸爸支持我。"她笑着，而且把这笑容保持了一会儿。那是爽朗的笑容，却充满回忆。有甜蜜，也有一丝沧桑。

你知道她是怎么逃出家的吗？她父母把她反锁在屋里了。有天，她看到左边的邻居通过窗口运家具（巴黎人不像我们通过门），她就从阳台到了那家，准备挂在大吊车上下去，等过去之后却突然惊喜地发现，那家的门是开着的。

像她父母预言的一样，他给她的的确是动荡生活：等待、焦灼，当然，也有幸福、甜蜜的心跳。

有一年，他在海上救了个迪拜的富翁。不知是太感激他，还是那人喝多了，给了他一件古董——塞夫勒的瓷器，是当年篷巴杜夫人用过的。你知道那有多值钱吗？汉斯把它卖了，然后便不做水手了。

"我们在老港口开了家餐馆。我们买了快艇和房子，他还带我游遍了意大利。可是第二年，他酗酒了。"

沉吟了片刻，莱阿接着说："是的，我总说：'哪个水手不喝酒？不喝酒，那还是有意义的人生吗？'可是，他喝得太多了。他喝多时，就给所有来餐馆的人免单。"

"那你不管？"我有些不解。

"一个人在酒劲儿上，你管得了？"

餐馆很快关张了，因为欠款，房子也卖掉了，快艇换成了破船，他们又回到海上生活。"那天密斯托拉风一直刮，我的心比那风还冷。"整整两年，他们一直住在那条破船里。那之后有段时间，她只要一上岸就会头晕。

也许我们每个人身上，都有马赛化的潜质。那是太自由的环境纵容的想象：大胆的、激昂的、不合常规的。

莱阿拿了段微微发硬的红绳，问我能否打个中国结。这已经是第五次遇到这样的问题了。我很羞愧地说："并不是所有的中国人都会打中国结。"但我旋即把绳的首尾系在一起，给他们玩了两个小游戏。

"我想象的中国女孩，是穿着老式衣服，安静地坐在古老的小巷里，编织中国结的。"莱阿说，"哪像你这么走江湖？"

我笑："我见过的法国老太太，化浓妆，冬天穿丝袜，举止优雅。哪像你？"

莱阿打断我："所以，我喜欢你。"她把那绳拿过去，三穿两绕，打了个水手结给我。"你戴着它，会一直有好运气。当然，如果你的朋友来马赛，也可以凭这个找我。"

马赛贫民区的阿拉伯少女

19岁的海泽和18岁的海拉是马赛贫民区的一对阿拉伯少女。她们的父母从阿尔及利亚移民来此。父亲是一个理发师,母亲没有工作,家里却有6个孩子,因此十分困顿。

海拉不甘心一辈子生活在这里。她有理想,她也有资本。她长得很漂亮,还喜欢足球,她最想嫁的是球星。

理想还很遥远,伸手够得着的,是一个刚出道的足球运动员。他们相识在一个朋友的婚礼上。我见过这个青年一次,当时他手上缠着绷带。"摔伤了?"我问。他说:"打架打的。"因为脾气不好,他们很快分手了。

下一任男友是个生意人,在意大利经商。长得很丑,但很有钱。妈妈和这个青年通过电话,比较同意,盼着女儿早日嫁过去。父亲却一无所知。"千万不能让他知道。"我以为很快就能吃到他们的喜糖了,不想听来的也是分手的消息。"那小子嘴甜会说,却不肯花钱,还有其他女朋友。"而海拉也同样没有为他坚守。

她们的约会经常三五个、七八个一起。和我们聚会下馆子大吃大喝不同,他们几乎不去餐馆,而是在咖啡馆和酒吧。几块钱的饮料费也不是一个人出,而是各付各的。没有钱的,就干坐着。

有一次,为海拉姐妹俩付款的是政府的一个小职员尼扎何。不知是因为他付了可乐钱,还是他的工作令她羡慕,或者是他强硬的个性,当另一个青年亲了海拉的脸颊一口时,尼扎何立刻伸手给了海拉一个耳光,而她却只是笑笑。

"她是我的女人。"尼扎何说。而当时海拉的正式男友还是那个意大利商人。

有故事的法国

能找到付钱的人可不容易,哪怕是可乐钱。

海拉的生日会邀我去参加。这是个对一般人来说平常的酒吧,对她们而言却是顶级的享受了。酒吧环境不错,我们喝的却是可乐。海拉灿烂地笑着,可不一会儿,她的笑容渐渐消失,终于哭起来。今晚为酒水买单的人打电话说不来了(生日蛋糕是她自己带来的,是妈妈花30欧元在蛋糕店定做的)。为这十几人的可乐钱就让这姑娘哭?我安慰她说:"你那朋友不来,我给你付。"结局很圆满,她的朋友终于来了,而我又给了她10欧元的车费。一半的钱都用不上,她就能到家。她那么高兴,唱着跳着,走到了路中间。

我原来会直接主动付饮料钱,可本来三四个人的聚会,来的人越来越多。都是十几二十岁出头的孩子,却不掏一块钱。几次之后,我就主动不起来了。我经常会为这家的谁谁买一件棉衣、一条围巾、一顶帽子。可慢慢我发现,中国俗话说的"救急不救穷"是那么有道理。我的钱哗哗地流出去,却不顶什么用。她们不懂得节省,一瓶花露水一天能喷十几次,谁都来喷,两三天就用光了。

他们还常常开口主动要。"我们家今晚没有饭吃了。"海拉说着,假装哭了一下。可八人之家,即使吃披萨饼,也得买两个,还要加上可乐,这好几十欧元

就出去了。为了限制自己花钱,我和她们出门前就少带点。可带着身上不装一分钱的姐妹,很快,我们连回家的车票钱都没有了。即便如此,她们也没有停下登上公共汽车的脚步。欧洲的车一般不查票,可查到逃票就猛罚。我看着查票的过来时,心都提到嗓子眼了。出门在外,我总是做守法人,违法的事还是头一次。最后,我们逃过此劫,因为"这时候当班的,我们认识"。

当然更多是不认识的时候。我为她们把钱全花光了,回住处的车票钱都没有了。海拉就帮我借。午夜12点,我们等在冰寒的室外,等她的朋友过来。一个小伙子骑车来了,手里掂着5枚硬币。也不能借完钱就走啊,于是他们开始大声地聊天。有人从院子里走出来,不满意地瞪着他们。他们的声音才小下去。

我也有不回去,在她们家留宿的时候。半夜两三点了,海拉还在接电话,或嘀嘀地发短信。她妈妈或姐姐制止也没有用。我被吵得睡不了觉,本想起来发作,可又一想算了,她的电话反正坚持不了多久,因为她都是一两块地往手机里充值,打不了多长时间。

123

有故事的法国

  寒冷的一月，屋里没有取暖设备，我们在被子上压着毯子，头上戴着针织帽子。凌晨5点多，屋里更冷了，因为门开了，她们的妈妈要出去在院子里祈祷。

  女孩们不能像我这样在外面留宿。"我今天和男朋友出去约会，晚上不想回去了。我说住你那里行吗？"这可不行，我得对她们负责。

  相对心思常变动的海拉，海泽则本分多了。喜欢干家务的她没有更多的理想，就希望找个好人结婚生子。她的男朋友是和爸爸一起工作的小伙子，没有远大的前程，却朴实厚道。

第八章
从米兰到尼斯

列车在山林中穿梭，一会儿一个山洞。红色的房子坐落在山坳间。两个山洞间铁轨交叉而过后，热那亚到了。车里太热，据说列车都私有化了，为了省钱，空调关了。列车开始调头向回走，空调这才开始运转。铁路两边是废弃的楼。废弃的车上是钢锈红的机器，地上满是红锈的铁屑、绿色的吊船车；海湾里停着快艇和双桅船，苍蓝的大海就在20米外。米兰、都灵、热那亚，那是中学上地理课时谙熟的地名，再没有忘记。

山坳的那边就是海。绿林中有红房子不时闪过。列车贴着海边走，帆影片片。

穿暗红马甲的服务员推着饮料车走来，从一个铁抽屉里拿出冰可乐。"他们把车厢弄的这么热就是为了能卖出冷饮。"一个中年女人说。服务员拿出一小包咖啡，用黑色的机器冲打出卡布其诺。

一个男孩和一个女孩同时拥进大洗手间。他们的同伴都笑了。

欧洲的列车可以事先订座位。没订座位又没有空位时，他们很少站在车厢里，而是站在车厢的连接处。车厢有很多空位时，有个英俊的男孩还坐在车厢连接处的地上。

我对面是个包着绿头巾的老太太——很老的老太太。车到里维埃拉海时，她突然开口了，高兴又腼腆地说："这里是我的家。"那是法意边境，度假胜地。她说去看亲人，我猜她是看老妈，我旁边的菲律宾少年猜她是看女儿。其实她是看完老妈后又看女儿。

菲律宾少年在加拿大读书。他拿的是642欧元的车票，15天内可以在欧洲任意走。欧洲有很多他那样的旅游者：背着大大的包，带着睡袋或卷成一卷的毡子，饿了就吃汉堡包。

6点58分，车到了凡提米格利亚。我本来准备从米兰坐到这里，从这个意大利边境小镇回法国。但是好多事情都要随时改变。7点28分，车到了蒙东。从蒙东到隆河河口，人们把这一段称作"蓝色海岸"。每年夏季，这里吸引了来自各国的大批游人。我最喜欢沿岸的格拉斯，那是法国香水的故乡。去年夏天，我去

第八章　从米兰到尼斯

过那里。一季一心情，一年一沧桑。

浅蓝色的水，淡粉色的天空。雾蓝的山上，夕阳把几片乌云染成金色。Bordighera（博蒂格拉）站，火车到这里却停了，全部旅客换乘大巴士到尼斯。旅客排着队，慢慢往前走，几个人在指挥。车站前的小广场上，停着好几辆沃尔沃。车站对面的墙上，是FIUGGI（菲乌吉）的广告。

"有三个人的吗？""两个人的？"他们很人性化地尽量把同伴安排在一起。一路上，美国姑娘大声地唠叨。她还没有男朋友。"脸都抽抽了还没有，估计以后也不会有了。"法国青年对同伴说。日本男孩安静地用摄像机录着沿途美景：夕阳肆意涂彩着满天云朵，沉稳的青山也忍不住有些耍彩的样子，呈现出蓝色的，雾蓝色的样子；山上的小红房子，青山夕阳，欧洲的光亮。上帝给欧洲的真是宝地。

长长的隧道里，大巴一点儿也不减速。

夜幕初临。拐过几条静静的起伏的街道，大巴停了下来。尼斯的火车站迎接着迥异的旅人：漂泊的、停靠的，缘起的、缘灭的……

尼斯海滨广场夜忧伤

仲夏夜晚,Meridien(尼斯世贸艾美酒店)赌场前常常有音乐演出,像小时候公园里的魔术表演,圈起来的场地,把没有票的人挡在外面。

外面的草地上,异性或同性的恋人,坐在绿色的长椅上。还有幸福的醉汉,躺在地上。唇形灯、柱形灯装饰着欧洲人那么喜欢的旋转木马。

阿尔伯特酒店闪着霓虹。

巨大的弯钩造形的铁雕,很优雅;棕榈树又高又直,也有钻天的椰子树;绿色藤蔓爬满的长廊幽深静谧。

Meridien赌场看起来很大,其实到处是镜子。端咖啡的女人在里面走来走去。世界上的每一个赌场,都少不了中国人的面孔。

"英国人兜风道"上到处是鲜花和棕榈,露天的咖啡馆遍布。

我喜欢阿兰卡罗餐厅的布利尼饼。一个星期,我会来这里两次。我在里面进餐的时候,开始构思自己的新小说——

一个法国姑娘,来自不远处的格拉斯小镇,那个法国香水的故乡,使得这姑娘,简直就清雅芳香如花;一个中国青年,电影演员或是导演。在格拉斯到尼斯的"欧洲之星"上,或就在尼斯的海滨广场上,两人相遇了。

餐厅外面的草地上,彩玻璃做的小人在吹喇叭。NEGRESCO楼上飘着万国旗。

他们经过Massena(玛塞纳)博物馆、圣保罗银行。银行门前的雕塑,脑袋都掉了。

这演员或导演没多少文化,把"圣保罗"翻译成"三排楼"。或者,他是故意的,他天生是个有趣的人。

第八章　从米兰到尼斯

　　白衣妓女在路边站立,她有那么修长的腿,那么姣好的面容。她穿着刚遮过臀部的白色超短裙。那辆摩托在那白衣女人面前停下时,格拉斯女孩还不相信那是妓女。法拉利车也停下来。男客让她到马路中间去。白衣女人让那人到路边来。他们都没有迁就。一辆大摩托像风一样地驶过来,车上的几个人在高喊。妓女没敢过去。那几个人骂了她,然后摩托呼啸而去。

　　男女主角又走过西敏斯酒店和皇家酒店。隔条马路,酒店在海边所属的领地,阳伞都束起来了。已经很晚了,有些人坐在海滩上。东边,几圈路灯把Eze

小山温柔地圈点。那是有600年历史的小山。西边,滨海的灯像一串项链。

他住在皇家酒店。他来尼斯参加一年一度的电影节……

或是相反,写一个中国姑娘和一个法国男人的故事。那么多熟悉的法国男人,拿出哪个做原型好了。或者,把他们的特点混合在一起?

靠海滨那边,水泥路面上,轮滑的小孩一晃而过。在他居住的巴黎,也有那么多滑轮党。他在塞纳河边散步时,被一个女滑轮党撞翻了。两人认识,开始了彼此的初恋。和这世上别处的爱情一样,"大盘崩溃",或者,"这荒烟蔓草的时代,连分手都很沉默"。

旧事了,那么淡,仿佛不曾发生过。

路边很多卖皮包的黑人。在水泥回廊间,游戏的青年高声喧哗。路人经过时,离他们稍稍远些。

演木偶戏的老人,在孩子的欢笑里,用帽子去接钱。

浓装的年轻女子,穿着开口的巨大长裙(好几个人在看她的胸部)。她右手握着个玩具老鼠。有人给钱,那老鼠就吱地叫一声。几个孩子没给钱,她把孩子叫过来,说是有礼物,结果用水枪滋了孩子一身水。

可是,男女的故事,太滥了。要么,讲两个女人相爱的故事?

其实,哪里的生活都是大同小异的:吃饭、睡觉、购物、看书、听音乐、相遇及分开。

为谁而走?又会,为谁而留下吗?

第九章
开车去找薰衣草

下午3点15分，飞机到马赛机场。我先去旅游信息中心拿了些资料。

"这里几点落日？"

"9点。"

嗯，我心里有数了。

想起在芬兰的北极小镇，我们玩到夜里12点，心想，赶紧回酒店吧，明天早起是一样的。等回去后，问城市酒店的老板娘："几点日出？""10点。""那几点日落？""下午两点。"当然了，那是冬季。不像现在，是盛夏。

对马赛没有特别的幻想，除了知道《马赛曲》、《基督山伯爵》的那座小岛、Bouillabaise（马赛鱼羹），当然了，还有它的恶名。

出了机场候机厅，看到一些小花，还有地中海的松树。

在网上订的是安飞士的车。其实当时订错了，但再改已经来不及了。

只好去一趟了。安飞士办公室红色的百叶窗关着。想起彼得·梅尔描写的普罗旺斯，以为安飞士的工作人员也在午睡呢。以前也来过这里的一两个小镇，但没有赶在薰衣草盛开的季节。

Avis在营业。除了接待台，好几个门都能进来。虽然它们看起来像是关得紧紧的。空调不制冷了，一个工人在修。

我租的是雪铁龙，2004年的车，还比较新。每天58欧元，保险按天算，每天10欧元。

果然是弄错了。

"你不是带孩子吗？"人家问。

"对不起，我没有孩子。"

"没有？不是两个？"

"没有。"

要是能带着两个孩子旅行，那我可真牛。

"212号。"

自己去停车场找。

"你的墨镜。"接待小姐从台上捡起,交给我。

"谢谢。"我道,"这个墨镜,至少丢20回了,每次,都是人家替我捡回来。"

"你这么说可够呛。"

看到停车场上的车,都是9927YZ27这样的。212指的是什么呢?

我突然想起来,可能是指车位。就是嘛,法国人不至于这么混沌吧?

接待人员出来,把车后座上的两个孩子的安全座椅卸掉。旁边立着的红牌子上写着:3分钟给你钥匙,否则,给你30欧元。呵呵,看彼得·梅尔的书,我还以为在普罗旺斯租车,怎么也得一两个小时呢!

出转盘,差点错了方向。我的经验是在转盘再转一圈。当然了,有时来不及看清,也有转好几圈的时候,有次因为转圈,把警察都招来了。

转盘的花池里,有的也种有一些薰衣草,都败了,变成灰紫色。马赛38摄氏度的高温下,它们不败才怪呢。这时候去看薰衣草,得到山区。

向北,向salon方向,然后换编号为A7的高速公路。

我以为这次出来不会自驾车呢,所以,没有带指南针。

我突然想起一个致命的错误:手上还没有欧元呢。我慢慢把车停到一边,把装硬币的小钱包拿出来——乱七八糟各国的硬币。欧元,还不到一块钱!是着急去avis拿车弄的吗？还是走多了，没有了从一个国家到另一个国家的概念？从前，都是一到机场立马换钱。不过，在机场换钱，常常不划算。不管怎样，这是老"游击队员"犯的最愚蠢的错误。

这可怎么办呢？忧虑中，我把车开得慢了。一阵喇叭声中，一辆宝马从我身边快速开过去。

开了很久，不见收费站。法国的高速是不收费的吧？那我可真爱法国。我在马耳他和希腊的圣托里尼也自驾过，可那里没有高速公路。欧洲虽然几乎转遍了，可高速收不收费，还真不清楚。

路边闪过SOS的标志，我想象自己给紧急救援打电话的情景。

"小姐，你有什么事吗？""我没有欧元。"

他们遇到过这样的问题吗？

过了20分钟，收费站出来了。

我不能后退，只能前行。欧洲很多地方都是自助，这点挺讨厌。你和人还能说明白，和机器，如何说？

现在还不是收费，是先取票。

我以为一伸手就可以呢，可是，窗户打不开。我胡乱按了几个按钮，都没有开。我有些慌，把墨镜摘下来。耽误别人时间多不好。我把车门打开，下去。后面已经有十几辆车了，它们在安静地等待。

我没有接着走，而是拐到一边，先拿出相机照了张像，然后，找窗户按钮在哪里。原来，不在收音机、空调按钮旁边，是在手挡的右边。好，那接着启程吧。这时，我却突然发现墨镜不在了。里里外外找了一通，都没有。一定是刚才下车带下去了。此时，它会葬身在别的车轮下吗？虽然不是什么好的墨镜，但跟着自己太久了，丢了那么多次都被捡回来。我心里一下子非常非常沮丧，连没有欧元缴高速路过路费的事都不算什么了。在见到收费站前，我就想这一件事了。

我先把车停到一边，去和收费站商量用美元支付。欧洲人不像非洲人，什么都好商量。不过说了一会儿，阿维尼翁南收费站的女子同意了。我把车开过

第九章 开车去找薰衣草

去了。

20美元——缴完4.7欧元的过路费，只剩8块多了。美元现在什么都不顶。想起第一次去南非，1美元能换13个兰特。后来，汇率一下子就变1比8以上了。这里外里差多少啊？

换N7高速，很快进阿维尼翁了。为了弥补自己丢失墨镜的损失，我决定去超市买些水带上，好省些钱。这也是自驾的好处，徒步就不能带这么多水。在商业中心，我买了六大瓶水，花了2.9欧元。在巴黎戴高乐机场，一大瓶水要3.4欧元，最可气的是他们根本不实事求是，有一次我买的是2.6欧元的小瓶水，结果服务员告诉我是3欧元。这个也能四舍五入吗？

我顺便看了看墨镜，都是几百欧元的，算了。

快到出口的地方，也有小商店，这里的墨镜是8欧元，可我还是买不起。

18点，终于进城了，有些堵车。

看到老城墙和第二个城门了，开进去。老城，是我想象中的阿维尼翁：小巷、老建筑、喧嚷的人流，有些像威尼斯。感觉自己会很喜欢这城市，丢失墨镜的事，一下子忘记了。

可是在人流中开车，并不是件容易的事，尤其是不清楚哪条街是单行线。不过我很快找到窍门——跟着别的车走。窄窄的街巷，路旁已经停了一排车；剩下的空间，刚好够一辆车通过。真佩服他们的车技。我想起在葡萄牙，电车司机很多都是六十多岁的老人，但是在窄窄的巷中，他们却能把车开得那么快。

不一会儿，路上又只剩自己了。彷徨着，我过了几个叉路口。要是突然开进不允许进的路，那再倒着开出来，这样的情境可真是麻烦。想着，我开进了一条巷子。刚才热闹的人流，流光溢彩的店铺，一下子突然不见了。这条巷子，是不见一人、深灰色的寂静。左边在沧桑古朴的老城墙下，安静地停着一长溜车。

眼见前面很远处一辆车正过来。糟了，不是它退，就是我退。正想着，它突然左拐，进了一条我没有注意到的巷子。

一个中年女子走过来，看样子是当地人。

"你好，女士。"

"你好。"

"请问Bristol酒店怎么走？"

"那你提前进老城了。你应该在中央大门进……"

我又绕出老城，不一会儿，便看到中央大门，可是不能直接过去。我又绕了半天，才能掉头。这时候想，要是徒步就好了，想怎么走就怎么走。我在城里转了一圈，城外转了一圈，才终于上到正路上——共和大街。教堂的钟声，这时候响起。

网上的资料说：Bristol酒店离共和大街的起点不远。那么，就应该在这附近了。"门前有停车场。"想起这个提示，我便按着这个找。可是，除了刚进来的地方有个小停车场，再没有别的了。这时，我突然反应过来：刚才，我已经看到Bristol的标志了，在路的左边。可是现在，已经不能往回倒了。

左拐，是Raspail（拉斯帕）林荫大道，路两旁是高高的梧桐树，它们华盖般的树冠搭在一起。左拐，再左拐，看到刚才见到的停车场。可是，我开得快了些，不小心上了右边的路，又过不去。绕了半天，最后终于进了停车场。可是，这次更糟，已经没有车位了。一个小伙子悠闲地站到我车的左边，他身后不远就是我要找的酒店，可是，有几根铁柱子挡着，行人可以自由穿行，车却过不去。我的右边，很多人在等公共汽车。没有车位，我也没有办法呀。谁让我进来时你不拦着？

呆了半天，有个老太太开门进了一辆车。

"你正好可以停她的位置。"小伙子说。

地方太小，我车技又差，我拒绝了。何况，我一直以为酒店说可以停车，应该是不要钱的。而在这里，一晚起码得十几欧元。我把车慢慢倒出来。有几个瞬间，我都想弃车而去了。我最讨厌倒车。

出了停车场，我不知该把车停哪儿。算了，就停在酒店门前的大街上吧。

亏得没再费神自己想办法了。原来，酒店有代客泊车的服务，只要把钥匙交给酒店门童就好了。

办完入住手续，我又跑到了大街上，我把车牌号记在了笔记本上。以前出过这方面的错，结果费了不少事。

9点了，旅游信息中心开门了。

我喜欢先走到最远处，然后往回走。之所以先去蒙特利马尔，也是因为今天那里有薰衣草节。

在马赛机场和酒店拿的地图，现在手里有四张了，可这些地图上都没有蒙特利马尔。

"你要去的地方是……"接待小姐的手按我说的地方指，指到她拿给我的地图外面了，"ok，得给你换一个。"

她拿给我的是个小册子：目的地：蒙特利马尔。最后一页，是张折叠起来的彩色地图，非常好的地图，哪里有向日葵，哪里有薰衣草，标识得一清二楚。

她又把具体的路线图给我打印出来。哪里50米的地方左拐，哪里80米的地方换N几线，尽管你开车时不会注意多少是50米多少是80米，而稍微快点，错过一个叉路口，就跑到别的路上去了。

她左边的工作人员，是个东方女子，穿黑蓝色的衣服，沉静，有些淡淡的冷漠。我估计是个中国人。中国人在外面碰到，一般不会像日本人那么互相亲切招呼，而是恨不得绕道走开。"你好。"我用中文说，"你是中国人吗？"

冷漠的原因，有时就是没有人愿意开这个头。你主动开口，对方一般不会太生硬。"嗯。"中国姑娘从她的位置起来，来到我这边。

"你干吗要去蒙特利马尔?"中国姑娘说,"我还没有听说哪个游客去那里。"

"今天薰衣草节开幕。"我说。

"你从哪里得到的消息?"

"网上。"我说,"没有这回事儿吗?不是游客说的,是比较专业的网站。"

"那应该是真的。"她说,"是哪个网站?"

我把打印出来的纸给她看。她顺便记下那个网站的地址。

"这个时候,去哪里看薰衣草最好?"我问。

"索尔特。"她说,"那是薰衣草之都。"

"我知道索尔特是薰衣草之都,可网上说那里的薰衣草开到七月中旬,现在该是没有了。"

"不会。那里的薰衣草,现在是开得最好的时候。"

普罗旺斯的官方网站,有个薰衣草开放的时间表,与我描述的相符。两个台湾人(看样子他们住普罗旺斯)办的薰衣草网站也是这么说的。所以,我准备去塞南克修道院,去看最好的薰衣草。那里据说是薰衣草的观赏圣地。塞南克在高尔德附近,离索尔特远,但和蒙特利马尔却是两个方向。而我这次出发晚了,再晚到那里一两天,没准薰衣草就收割完了。

我还是准备先去蒙特利马尔,既然是薰衣草节,总不会见不到薰衣草吧。

我道了谢出来,大量的游客开始进旅游信息中心了。

手里还是没有欧元,得去换,否则缴高速费的钱还是没有。

第九章 开车去找薰衣草

蒙特利马尔，薰衣草节

在交叉路口，十几个路牌同时涌向你时，有时会一下子反应不过来。尤其是这些名字有些相似的时候。

我差点就去Montpe（蒙特佩）了。

经过Mornas——一个岩石下的小城。

我还差点去了蒙那贡。在一个餐馆的标志那里，我掉头开了一会儿，却突然发现，不掉头，也能走到这条路上来。

距蒙特利马尔16公里的地方，好多人在休息，但那是路的左边。又往前开了有2公里，突然出现几个大风车，也有很多车停在那里。

转盘处，有一个大猩猩的塑像——那么大。

距蒙特利马尔还有9公里的时候，突然出现了一小片薰衣草，但是紫灰色的。开过了，颓败了，失望的紫灰色。再往前行9公里，就会好看吗？现在，是在向山里行吗？如果这次看不到想象中的薰衣草，以后，还会为这个专程跑到法国南部吗？说是薰衣草节，总会有薰衣草的吧？我突然想：这会不会是个薰衣草制品的节日？

下午3点，到蒙特利马尔。人家开幕式可是12点开始。这时候到，会不会市罢集散？

看不到一点节日的气氛，也没看到薰衣草。倒是夹竹桃一路茂盛，都有点招人烦了。

进了Le chevron（人字斜纹）门前的小停车场，从出口进的，把车再倒回来。

我又去LEST JAMES（圣詹姆斯）餐馆问。这节日看来不是没有，就是规模太小，餐馆里的人都不知道。我向来到点就饿，如今3点了，却一点没有吃饭的想法。

开车掉头，又经过那座桥。法国人确实浪漫。桥上吊着很多盆栽花，像自家的阳台一样。下面的小河，左边干硬的白土路上，有人在骑自行车。

想去旅游信息中心，却一下子拐进火车站了。出来时，在斜对面的面包房前，问一青年男子。他知道，原来是在另一条大街。

问完他后，我才突然想起，原来，自己打印出来的纸上是有地址的。只是那天打印机的油墨快没了，打印得比较浅而已。

自己马虎，怪不得谁。

知道薰衣草节举办地是在街上，我明白自己猜对了。它的确是薰衣草制品的节日。我很失望，连那条街在哪里，都没有接着打听。

旅游信息中心就在眼前了，算了，进这里问问吧。

人在停车场，却已经闻到了薰衣草的香味。现在回想起这东西，是在2004年，三年的欧非旅行后，我回到北京的时候，人已经不成样子，不是累瘦累垮了，而是胖得不成样子，而且皮糙肉厚。我赶紧美容了一段时间，在美容院，人家给我喝的花茶，就是薰衣草茶。

突然，看到不远处，一簇紫色花束亭亭站在那里。我以为是薰衣草，惶惶跑去，可惜差得太远了。

在刚找到的大街上，梧桐树上挂着红蓝白三色小旗。一家家小摊，排列开去。

薰衣草花束、香熏制品、香皂、香袋，真是应有尽有。油画、手工艺品，也是以薰衣草为主题。这些东西旁边，也都点缀着薰衣草花束。望着这些蓝紫色的小花束，我想：就是为你们吗，我不远万里地赶来？

我看上一个平底大锅，锅底上印的是一片美丽的薰衣草田。这样美的东西，能忍心放到火上烧吗？也就放到墙上当纪念吧。但我特别喜欢，60欧元也是可以接受的，但转了两圈，最终没买。法国之后，还要去巴西，不能带这么多东西

旅行。

　　要是在2003年之前，我会买下来的。从德国到法国再到荷兰，我曾带着窗帘旅行。不是软软的，能放包里的窗帘，而是边框为木头，不能折叠的那种。那时，我也不自驾。一些车站可以寄存东西，可我那窗帘，实在太大，没有一个柜子能容下。可是买这窗帘，是为哪扇窗，我也不清楚。等回北京一试，没有一个尺寸合适。那绿色纱绣的窗帘，至今还堆在仓库里。

　　突然，我发现有卖面包的。先尝一块——啊，吃了四年，几十个国家的面包，这是最好吃的。有自然风味的、杏风味的、橙子风味的、薰衣草风味的，价格倒不算便宜——100克，2.8欧元。我买了一大块薰衣草风味的。

灰紫色的薰衣草

在蒙特利马尔没有看到成垄的薰衣草，我有些失望。"哪里能看到呢？"我问了几个人。

"蒙特利马尔以南20公里。"

"这时候，割了还是没割？"

他们耸耸肩："这可说不好。"

我本准备走N7线到奥朗日，再换D950到Carpentras（卡朋特拉斯），最后直奔索尔特——薰衣草之都。也许是不抱希望的怅然吧，实际上，我却向东南行了。在无人的路上索尔特乱掉了两次头，掉得自己都烦了。赶紧把世界游完吧，我的方向感已越来越差了。

真是失去信心了，算了，走到哪算哪吧。真是傻人有傻福，在Les Granges Gontardes（拉格朗），我突然看到了大片的向日葵。嘿嘿，本准备去阿尔勒看向日葵的，不想在这里看到了。

接着前行，在路的右边，我看了薰衣草。惶惶停车，此时，在响起的乡村教堂的钟声里，我奔向这片梦中的紫色。

它的垄形优美，但是，大多已经被割过了。绿色、紫色相间而列。

"你再不去，可都割完了。"来法国前，听Peter这样说。

之前，我不知道这东西还要割，以为它们是自然生长呢。

找了半天角度，我才把绿色和被割过的薰衣草排除在镜头之外。

它弯弯的垄，已经呈现我梦境的一部分。它和乡间红顶白房子配在一起，已经有我想象中闲适、抒情的归隐意境。可是，我的心为什么一点也不激动呢？虽然我在垄间，不停地拍照。

第九章 开车去找薰衣草

半晌午，我直起身之际，突然发现路对面不远处的山坡上，有着更浓郁的一片。我跑过去，路上一辆老式敞篷车，虽离我很远，但停了下来。车上的老头优雅地做个让我先行的手势。我说声"谢谢"，虽然他基本听不到。

这是一大片薰衣草，可是是在山坡上，中间隔着一条沟。我跨过沟，但想往上爬，就没那么容易了。没有任何可攀缘之物，有的是带刺的干了的蓟，而我穿的是露着小腿的七分裤，还穿着绣花的皮拖鞋。有一会儿，我都想放弃了。可是又想，这点困难都克服不了，还叫行者吗？我把两个相机都挂到脖子上，从身后的背包中拿出一本旅行手册，用这手册包着一棵蓟的根部（同时让它别碰到自己），用了点力气，一下子就上来了。我回望了一眼，嗯，坡是不小，荆刺遍生。一会儿怎么下呢？管他呢，一会儿的事，一会儿再想吧。

这是一大片薰衣草田，还没有一垄被割。它们温情脉脉地伸向远方，在普罗旺斯的蓝天白云之下。干燥的风，吹送它们的香气——不张扬却会被你一下记住的幽香。蜜蜂嘤嘤，蝴蝶翩翩。那边，公路对面，灰绿色群树的怀抱里，薰衣草的一片紫色，开过桑芦花的一片绿色，收割完稻草的一片麦黄色，多么丰富而恬静的景色。可是为什么，我的心没有想象中的那样颤动？我们一定要按图片中的景色，来要求现实吗？嗯，图片中是一片紫色的海洋，是纯正的紫色，不是我眼前所见的灰紫色。

是不是有些东西，是注定属于梦的呢？

不管怎样，毕竟我真的看到了薰衣草。虽然离我的梦想有些距离，但是，我还是很喜欢它。小家碧玉一样，安静、恬然，充满令人温暖的香。

我没有顺着来时的山坡下去。我向后走了几百米，经过一片收割过的田地，走平地下来了。看看我的绣花皮拖鞋——还行，挺结实，没有被戳坏，上面的珠珠、亮片，一颗也没有掉下来。

这时，我看到一个男人，正拿着相机拍薰衣草。他没有跨任何沟，爬任何坡，几乎就是站在路边。可我刚才看花心急，哪里知道往前再走那么百十米，就可以不费任何周折呀？

他那么轻易地就看到了薰衣草，我却费了那么大周折。我有些妒忌，又恨自己的蠢笨。就差这么几百米！？我停下车来，恨恨地看着这距离。不一会儿，他过马路时来到我的车前："小姐，能为我拍张照吗？"

独自旅行的人经常碰到这样的问题。我说："好啊。"

我也拿起自己的相机，让他也给我拍。

他感慨："真是太美了。"

我说："是啊。"

我们随便交谈了几句。他是意大利人。

"这么美的地方，真舍不得离开。"他说。

这也是我的真实感觉。

"能碰巧赶在这花开时候，很不容易。"他说。

"什么碰巧？我是计算着来的。计算也不是很准呢，因为网上的消息千奇百怪，互有出入。后来，我一个做旅游的朋友指点，我才及时赶来。"

"那你要庆贺一下啊。"

"是啊，我晚上准备吃顿大餐。"

"这也是我的想法。要么，我请你？"

那时，我很少和人搭伴，尤其是男人。我撒个谎："我说吃大餐，可没说是我自己。已经有朋友在索尔特等我了。"

"在索尔特等你？好奇怪。"

"这有什么奇怪的。那里是薰衣草之都，我们约好了在那里见面。"

"认识还是不认识的朋友？"

"我干吗要告诉你呀？"

"那我告诉你，你今晚根本赶不到索尔特，你最远能走到尼翁。"

我没说话。我一般都是天黑收工，走哪

算哪。

"我也去索尔特,咱们结伴吧。"

我说不行,我开得非常非常慢。他说周围这么美的景色,应该很慢很慢。我怕被缠上,说"来不及了",没等他反应,就跑回车里。

见我这样,他也没有马上追上来。过了有10分钟吧,他的车才过来。他先是按喇叭,然后摇下车窗,向我招手。我不知该不该回应,正犹豫呢,他的车呼地过去了。而且,突然加快,能有160迈,马上就从我的视野中消失了。我如释重负。过了半个小时,在Valaurie(瓦罗莱),远远地看到一个人站在路边拦车。我停下来——竟然是刚才那人。他也很吃惊似的:"怎么是你?"

他的车右胎陷进路边的向日葵田了。我让他去启动,我在后面帮他推。他说:"不行,那样还是绅士吗?"于是,我就坐到他的位置,他在后面推。结果我发现,他的车根本启动不了了。检查了一下,是蓄电池没电了。他的车里有牵引缆绳。用我的车,他把自己的车拉出来。这条路上,一个小时经过不了一辆车,我只能帮他,准备用我的车牵引他的车到一处修配站。

没有看花作案的。费那么半天拍薰衣草的男人,估计不会是个歹徒。我答应他坐在我的车里。我以为他会老老实实坐后排座,可他想坐在副驾驶的位置上。那么近,我可不干。

"你都到这地步了,还挑什么?"

可他说:"两个人,慢慢开着车,欣赏着美景,多浪漫呀。"

"是挺浪漫的，后面还拖着一辆车。"

我突然又想：凭什么我来开车呀？让他开。

"那我请你坐副驾驶的位置。"

嘿，又绕回去了。

我怕他再生事端，就说我要坐他的车里。他说被牵引的车，不能直接掌握，会难受的。我不信。

果然很难受。不一会儿，他将车停下来。我说是他故意让我难受的。平时在大街上看那被牵引的车，不是直直的，走得好好的吗？

"小姐，你没看见眼下咱这走的是什么路吗？"我让他去后面的车里坐。他说什么也不干。我就坐回我的车里——后排座。

开始，我懒得和他说话。后来时间长了，就开始聊了。

"我其实也没有坏心。结识个朋友，开开心心，这些，其实也是旅行的一部分。"他笑着说。

的确，我们聊了两个多小时，真的很开心。期间，我们又看到一处薰衣草——那是梦想中的薰衣草。不是灰紫色的，是纯正的紫色。

看我那么高兴，他说："告诉你一件事，你别生气。我那车拐进田里是不假，可根本没有问题。"

"不会吧？我看了，发动机根本不动。你不是说蓄电池没有电了吗？"

"这个我也没骗你。不过，时间不对。昨天我蓄电池就没电了。可我带着备用的。"

"那今天？"

"我把那个没电的换了上去。"

"你手那么快？你是小偷吗？"

他笑了："我在米兰开两家汽车修配厂。"

第二天，在索尔特，薰衣草之都，我看到了天地间最美的紫色。

第十章
索尔特,看薰衣草浪漫绽放

有
故
事
的
法
国

　　七八月去普罗旺斯，很多人是奔着薰衣草去的。普罗旺斯有六大薰衣草种植区。其中，Sault（索尔特）、simiane-la rotonde（施米雅那）、高尔德附近赛南克修道院前的薰衣草最为著名。很多游记说，赛南克修道院前有一大片薰衣草田。可如果你在普罗旺斯多走几天，你会发现，那片薰衣草田根本不算大。这里的薰衣草出名，除了它们是修士们种的，生长在12世纪修建的黑白两色的修道院前，还有个原因：它们所处的吕伯隆地区，是彼得·梅尔那著名的《山居岁月》的背景。在山城simiane-la rotonde（施米雅那）看薰衣草，也很方便。举目四顾，处处是紫色的花田。山顶，有12至13世纪修建的罗通德城堡。

　　薰衣草之都——索尔特的薰衣草最为壮观。从Monieux（蒙尼欧）开始，你就会在绿色的山谷中，望到点映其中的薰衣草田。它梦一般，漂浮在一片绿色中。往东北索尔特方向去，就不是你找薰衣草了，而是它们像大部队一样排列在路边，迎候你的到来。

第十章　索尔特，看薰衣草浪漫绽放

　　它弯弯的垄，呈现我梦境的一部分。它和乡间红顶白房子配在一起，呈现出闲适、抒情的归隐意境。

　　站在稍高的地方，奈斯克（Nesque）河谷平原的景色梦幻般铺展在眼前。这是一大片接一大片的薰衣草田，还没有一垄被收割。索尔特，古老的小村，安静，宁雅。石砌的小屋，淳朴，简洁。

　　属唇形花科植物的薰衣草，每年6到8月开放，7月最为壮观。

　　薰衣草分为原生和杂交两种。前者通常生长在海拔900—1300米的高度，精油含量虽低，品质却佳，基本用来制造名贵香水。后者喜欢海拔800米左右的高度，长势旺盛，产量高，其出油量是原生薰衣草的数倍。索尔特，就是800米的高度。这里的薰衣草产量高，花期长，色深，味浓。

　　薰衣草盛开的季节，也是普罗旺斯最热闹的季节。你可以在薰衣草田里远足，参观薰衣草农场和博物馆，在农家小住，也可以去厨艺学校学做普罗旺斯菜，还可以和花农一起收割薰衣草，参加薰衣草传统集市，看薰衣草花车游行。小镇Ferrassière（佛尔拉西埃）的树上、屋檐、农具旁，到处都装饰着薰衣草。

　　教皇城阿维尼翁的夏天，有热闹的戏剧艺术节。从七月的第一个周六到最后一个周六。除了剧场"正规的"演出外，街头、广场、教堂前，到处有表演的人们，观众也可以参与，舞台慢慢扩大，变成了整个城市的狂欢。歌声、笑声、旋转木马、装扮奇异的人们，直至深夜才归。欧洲很多大中剧院的经纪人，也不枉此行，找到自己中意的新秀……

韦宗小镇的蓝调、爵士节，卡维隆小镇的香瓜节，美手节，啤酒节……音乐，美食，明亮阳光，慵懒生活，这就是普罗旺斯迷人的夏季。

小贴士

薰衣草农场参观：
Tel：0475 010020
网址：www.Montelimar-tourisme.com

薰衣草花车游行：
地址：office de tourism de Digne les bains et du pays dignois
Tel：0492366262

普罗旺斯日：
Tel：0492890239
网址：www.ot-st-andre-les-alpes.fr

第十一章
慢人洛艺嘉

有
故
事
的
法
国

　　我在msn上潜水，很多朋友的第一句话通常是：你在哪里？然后，他们的第二句通常是：你还在那里？

　　我早已赶不上旅行团的速度。七八年来，我只在土耳其参加过一次早上9点半出发的科技团，结果没出两小时，就被人甩掉了。如果每天天刚亮就用闹钟将自己吵醒，跌跟头打把式地洗脸、吃饭、出门，在一个景点照完像就走，那么拜托，我还是在北京待着，哪也别去得了。

　　我原来在北京当记者，不坐班。单位刚一实行坐班制，我就辞职了。我需要睡到自然醒。这自然醒的生活，也一直贯穿于我从2002年至今的旅行生活。

　　2007年夏天，我在普罗旺斯。

　　每天早上醒来，看着透过木百叶窗的阳光，我会猜到是几点了。我躺在床上，先回忆一下梦境。我的一些好朋友，早上醒来，和梦道别，立刻翻身起床。我不行，梦对我很重要。我的三分之一时间都是在梦中度过的。我分不清它和现实，哪个更真实。

　　起床、穿衣，把音乐打开。在音乐中洗脸、梳头，这会让你的速度慢下来。我听的都是舒缓、抒情的音乐。任何毛巾都有细菌，我从不用毛巾擦脸，而是自

然风干。这期间,我会在屋里走上几圈,在阳台看看天气如何,今天该穿什么。通常我没有两小时出不了门,甚至已经到了家人为我担忧未来的程度。我姥姥说:"你现在自由,以后有小孩了,你可怎么办呀?"

如果这一两天交了稿子,我会上网看看编辑收到没有。否则,我三天才上一次网。

出门哼着小曲,看远处的青山,看园子里的花草。有时歌没唱完,我就走到大门口了。于是我就再玩一会儿,等歌唱完再走。虽然路上没什么人,但我不想让这可能遇到的一两个人当我是傻子。

权当锻炼吧——爬台阶,爬到教堂旁边。教堂旁别致小屋的阳台上,福佛正安静地给花浇水;有时也会遇到皮埃尔,慢悠悠地去他的手工艺品作坊。通常,我会去不同的咖啡馆吃早餐:一杯卡布其诺、一杯橙汁、一个羊角面包,阅读《世界报》或是《费加罗报》。如果去克里斯蒂娜的餐馆吃,那早餐时间就会更长。那里放在薰衣草果酱旁的鸡蛋,不是拿过来就能吃的。第一次,我将鸡蛋拣到盘子里,坐下,往桌上"当"的一磕,结果,蛋清蛋黄流了一桌子——是的,那是生鸡蛋。走过半个地球,我第一次看见煮蛋器。每个客人自己煮,按自己的喜好,把鸡蛋煮成几成熟。克里斯蒂娜的鸡蛋,都是盛在一个小容器里,敲碎皮,剥掉,然后用勺子挖着吃。

吃饭的时间通常漫长。因为一边喝咖啡，一边观察当地人，是最好玩的。法国人行面颊吻礼：熟人见面，左，右，左，先来三下。普罗旺斯的三下，可不像巴黎那么流于表面，那可真是踏踏实实的，而且，男人之间也接吻，手势剧烈，也有自己的模式。你从很远处，听不清谈话的两人说什么，却可以从他们的手势中，判断出来。他们的聊天，叫作表演，也许更合适些。

城市小，熟人见面的机会就多。我们是隔着一段距离的时候，点头便算作打招呼。而他们偏要消灭这段距离，一定要身体接触，即使手上拿着东西。如果牵着狗，那就拴上；如果骑着自行车，那就将它靠在路边；如果在汽车里，那就把身体的某一部分，头或手，从车里伸出来。

"你好。"

"你好。"

"最近怎么样？"

"很好。谢谢。你怎么样？"

"很好。"

不仅熟人，就是去小杂货铺，不把这些话都说完，主人都不愿意接待你。

早上去别人家打扰确实不好。我一般上午都是自己活动：逛不定期的早市，买新鲜的草莓和浆果；没有早市的时候，就去薰衣草田，或是随便哪里溜达、拍照；帮人家割薰衣草，看人家如何做薰衣草面包，如何做薰衣草香薰制品；当然，也少不了去橄榄林。尼永是法国的橄榄园。

我起得晚，又磨蹭，所以一般是早午饭合并了。明知这里的餐馆不比中国，不是随时有饭吃，而是到点才有。可有时实在饿了，也会跑过去。

"几点营业呀？"

"12点。"

"现在几点？"

被我问的人也不知道。

午后一两点，我还要喝杯咖啡。普罗旺斯有漫长的午休，很多人饭后要睡午

觉。可我睡了午觉，晚上就睡不着，静谧的午后，有时我会写点东西，但大多时候是出来逛。商店这时候几乎都打烊了，但你可以看这城市慵懒的样子。本就很少行人的路上，这时候几乎没人。阳光灿烂明亮，照得夹竹桃也昏昏然。唱歌的鸟也已歇息，只有蝉儿鸣叫，溪水潺潺。突然间灵感迸发，我便会找家咖啡馆，或就在大树的绿荫下，一边吃冰激凌，一边记笔记。也有一些瞬间，在清醒与浑然之间。

有时，突然注意到握笔在纸上飞奔的自己：这就是那个走过半个地球的旅行作家？虽然是有感才在记事本上笔耕，但是否还是有些做作？不，隐藏不是普罗旺斯的方式，表达才是。

有时，也会在瞬间注意到走在Notre dame de bon secour（圣母院）、石头桥或一条小巷上的自己。总感觉有些事情，或某些时刻，似曾相识。那是一个人太久沉溺于自己的内心才有的恍惚感吗？在这里，没有人会对你突然的问好或甩白眼、扭头，或假装听不见。他们热烈地、大声地回应你。

四点之后，街市开始充满生机。收拾一新的老太太又出门了，年轻的妈妈推着可爱的童车；烤面包的香味飘出来，面包铺里，人们开始排队，安静等待；书店、工艺品店、小超市也开门迎客。Le resto des arts餐馆的老板，喷得香香的，笑脸灿烂。这是家颇艺术的餐厅，墙上的小木板上，绑着一颗颗小石头。

逛完之后，有时我会回旅馆，换件衣服，然后上街选瓶红酒，去卡特琳家做客。都说法国人几乎不在家里待客，那通常是来自巴黎的经验，外省好些。当然，也靠机缘。上次学如何做橘红色蒜泥酱，今天我要学学普罗旺斯焖蔬菜Ratatouille。有时，我会搭皮埃尔的小摩托，去看滚球比赛。

不过，我的晚餐通常都是自己吃。习惯了发呆，也就不觉得等待的一两个小时有多漫长，尤其是等Huitres Gratinees au Magret Fume（洒着碎乳酪丝及培根的生蚝），或是烤三文鱼这样的美味。当然，也没有总发呆，听了几首不错的香颂。我从未觉得法国人在吃饭上花的时间长，因为我也如此。从前，我们家里我老妈吃饭最慢，现在轮到我了。除了知道细嚼慢咽能美容，我觉得人生的乐趣数数没几桩，吃饭这件大事，当然不能马虎。我老爸和我相反，他觉得慢吃不香，他又饿得特别快。有一次，我午饭尚未吃完，他就来找晚饭吃了。他见我还在餐厅，吃了一惊："你还没吃完？"我也是一惊："你又来吃了？"而这不是我吃得最慢的一次。有次我吃了差不多快一天。你会问：什么能吃一天？那我告诉你：200个螃蟹腿。我们家人吃完螃蟹的壳子、钳子，就不吃腿了，觉得麻烦。我怕浪费。我吃过的骨头的干净程度，用我妈的话说："狗都不会再吃。"那你想想，这200个螃蟹腿，得费我多少时间？我在国外，吃饭往往更费时间。经常要问人家菜品是由什么做的，还跑到厨房看是怎么做的。

晚餐后逛一逛，如果还有时间，有时会去看电影，有时看9点落日的天空，少不了狂拍一通。又或者站在街头，看钢琴演奏，然后才回旅馆。

第十二章
格拉斯有一种香，
名叫洛丽塔

有
故
事
的
法
国

    我尽量压住火气。

    其实是自己给了别人机会。你不跟她笑，你就不会在意她的冷脸；你不给她礼物，你的自尊就不会遭她蹂躏。可是，她爸爸去尼斯接我，坚持带我去看花田，我又怎么能不表示感谢呢？都说和法国人交朋友难，他们开始新友谊时十分谨慎。今天之前，我还真没有领教。可法国人的拒绝，该是礼貌的冷淡。也许到了南方，这种拒绝也会更激烈、直接起来？

    看到她用脚在那么可爱的陶瓷小猫身上拧踩，我真是瞠目。细碎的声音之后，她把它拿起来。小猫的头已破损，它哀伤的眼睛仿佛不是因为被塑造成那样，而是因为刚才的粗暴。

    "你把它还给我吧。"

    "它已经是我的了。"

    她爸爸回来，她说："这东西真不结实，不小心掉在地上就摔成这样。"

    她说这话时的轻松，让我结舌。

    她爸爸第二次下车办事，她竟然用车门挤我送她的巧克力。我感慨于美丽的东西易变形，更惊叹于这个法国少女的内心狂暴。她瘦弱的身体是不是全部被疯狂占据了？我决定不再理她。

车行至山路。

"停车，停车！"她忽然喊，然后和路旁背书包的孩子打招呼。

两个挎筐的村妇从后面赶上。我该学一下她们淡然的表情。能有什么呢？这个12岁的女孩，充其量也就是这山谷里的小溪，再怎么折腾，也翻不出大浪。

很快，赛瓦聂小溪不见了。就是这样，任何的陪伴都是短暂的，终将消失的。我又何苦沉陷在这小姑娘的敌意里？蜿蜒的小路，五月风轻拂，送来芬芳香气。平坦的花田里，玫瑰正怒放。

她先跳下车。她爸爸回头问我："我不在时，她没有为难你吧？本来没准备带她，她突然打电话给我，说身体不舒服，我才去学校接她。见到你后，她竟然不回家了，说她也要来这里。"

这花，其实更像蔷薇。可我不会用法语说，我只好说："就是这些'玫瑰'，制造出让全世界女人都沉迷的香水吧？"

"什么玫瑰？"她说，"Centifolia，Centifolia（洋蔷薇）！"

"不许这么没礼貌。"她爸爸说着转向我，"其实也就是玫瑰。我们叫她五月玫瑰，也叫格拉斯皇后。"

我忽然想起洛丽塔。那本小说我只看过不到十页，不知道洛丽塔到底是什么样的少女，但我想象她是纯洁却早熟、反叛，天真却有些诱惑。虽然不是那么了解眼前的少女，但我一下子把她俩联系在一起。迟钝的我此时也终于猜出了她对我如此敌对的缘由。我告诉她爸爸，我想自己欣赏这花田，让他回去忙自己的事，或者去陪女儿。

玫瑰花田很快让我沉静下来。这种香水玫瑰果然与众不同，甜美中有些香魅，有风情，有卓然，也有那么点诱惑。

他们一直在等我。他告诉我他接下来还有事，真的不能陪我了。我笑着说已经非常感谢了。出乎我的意外，洛丽塔女孩竟然主动提出带我去GALIMARD香水作坊，帮我制造一种让我终身难忘的香水。她不会给我下什么毒吧？虽然心有余悸，我还是接受了。

她选配香精时的认真，她拿着瓶子晃来晃去的稚气，她拿着那精致的小瓶子向我走来的欣喜，跟几小时前判若两人，让我恍惚想到了巫婆。

我习惯让着别人。我放下自己手中的瓶子，回应她。

我差点就闻出了精妙的味道。可是，总觉得差些什么。是刚才我的怀疑已经由脑子进入了我的鼻子？

"你不喜欢？"

我说："c'est bon（好）。"我习惯这么说。

没看出我的惊喜，她自己又闻了闻。

"刚才我还觉得不错，可是现在没有那么好了。可惜了我今天的灵感。我用了最喜欢的蝴蝶花和紫罗兰。"

出门后，我想立刻和她告别。我实在没有和孩子打交道的经验，尤其是一个异国古怪的孩子，可她坚持要陪我去看"格拉斯之花"。

我以为那也是小蔷薇之类的花，没想到是喷泉，只是外型如花。

"我不知道你也是我妈妈的好朋友。"

"是啊。"我说，"我是今天早上才认识你爸爸的。"

"我妈妈刚才给我打电话了，让我好好陪你，她在路上被事情耽误了。今天的香水制作就是我妈妈预定的。"

原来如此，我踏实下来。

"格拉斯之花"在老城的最高处，喷涌着，盛开着，晶莹如梦，似有迷香。格拉斯不愧是香水的故乡，世上所有女人向往的地方。格拉斯在我眼里，更柔媚芬芳。

她陪我去亚尔广场逛花市，去旧城中心的橄榄店。那里的橄榄去涩方法与现在的药物不同，而是用古老的盐渍法。分手时，她请我晚上去她家做客。我婉言谢绝了。

我挥手与她告别。我们短短的故事结束了。

虽然她的方式让我吃惊，在心里我也不会责怪她的防备，是这纷繁多变的世

界让她敏感而粗暴吧。

  Inter-Hotel Panorama（格拉斯全景酒店）酒店给我安宁愉悦的晚上。第二天清早，我还在床上，就被她"叮咚"的门铃声吵醒。

  "送给你一件礼物。"她的笑容如晨花。

  是一个精美的发卡。我笑："我早过了戴这个的年纪。"

  "这是我所有东西中最新的，妈妈上周从菲律宾给我带回来的。我非常喜欢，我想你也会喜欢。"

  我看着她。

  "我也想买个更适合你的礼物，可我确实不知道你喜欢什么，我也没有时间去买。我一会儿还要上学。"

  这时，我忽然注意到她白色短裙下受伤的膝盖。

  "我帮你处理一下。"我用随身携带的"伤口处理专家"给她消毒，然后贴上创可贴。本可以这样结束的，可是不知为什么，我又把自己喜欢的蓝纱巾，给她系上。

  我准备起身之时，她在我脸上留下一吻："谢谢你。"

  "以后注意，别跑太快。现在才五月，你穿得也太少了。"

她和我告别。

我想送她,她坚持不让。

我在阳台上赶上她的背影。

我收到过很多孩子充满童真的礼物:皮球、我以为是洋葱的郁金香花球、用了一半的作业本……那都是顺手的,是孩子一时的心意。而这个小姑娘却一大早跑这么远,把自己喜欢的礼物送给我,还摔了跟头。为了赶去上课,此时她还在山路上飞奔。我的眼睛湿润了。这格拉斯美丽的山谷也因这精灵一般的小姑娘,永远留存在我的记忆中,让我的记忆不时闪过洛丽塔那野性的芬芳。

第十二章 格拉斯有一种香，名叫洛丽塔

临别的漫游

这是格拉斯小站。三年前，我乘火车，沿蓝色海岸而行。从蒙东下车，从尼斯下车，从嘎纳下车，从摩纳哥下车，就是没有想到这里。

四百年前，欧洲人就知道，最芬芳的香水出自格拉斯——法国南部的这个小城。机缘所致，我是刚刚才知道，风靡世界的香奈儿5号就诞生于此地。阳光在云上跳跃，这个离开的日子没有伤感。地中海温润的风吹拂过来，仿佛思绪的漫游。

人与地方，各有机缘。此次，我没有看到芳香的茉莉，没看到未曾谋面的黄绒花，但在玫瑰花田里徜徉，带给了我从未有过的感受。

芳美的花田，瑰明疏朗，自然从不让人失望，也会把从人世间得来的不平化解。不平只是一时的心绪，我们不了解他人，我们仅限于表象对自己心灵带来的损伤。

我抬起头，准备再看看这个花草乐园的山麓。我看到了一个姑娘，她有着精美绝伦的面容、曼妙的身材，穿着紫色长裙。她从我身边经过，留下一阵特别的香。

我是想和如此美的姑娘说句话，还是真的想知道她用的是何种香？当然，我的借口是后者。我拦住她："你的香水很特别，能问一下是什么牌子的吗？"

她笑着，轻启朱唇，用好听的法语

163

说:"Lolita。"

我对香水不懂,只知道迪奥和香奈儿。

"Lolita?和那个小说一个名字?"我以为她在逗我。

可是,她认真地点头。

不知为何,这么多词一下子涌向我:纯洁、蛊惑、不可抗拒、火焰、绝望、多变、不伦……也许那只是我的想象,在她太精美外表下驰骋的想象,她的香水穿拂我心田后的回应。片刻相遇,一个美好女子给你的记忆,她的故事,藏在这浅紫色之后,这香之后。她只以这紫色,这香,暗示你。你只消记得这一刻她的浪漫和性感。

怕找起来费劲,我决定明天再走,先返身买这种叫"洛丽塔"的香水。

它竟然是紫色瓶身:突凸的玻璃花纹,背后是磨砂的两叶花瓣。

我特意问这香水都有哪些香——天,它竟然有那个洛丽塔小姑娘准备给我用的蝴蝶花和紫罗兰。难道她想给我调出洛丽塔吗?她调配出它,也许要用一辈子的时间,但我已把她们联系在一起。

那少女的白色短裙,那发卡上的精美饰花。芬芳的12岁,让我想起天际的晨星——成熟,却有着孩子的娇顽。她的内心,该是童真梦幻吧。

亏得世间还有修复这回事,让我们迷于表象的心灵找到原本清新平和的真相。

第十三章
田园阿尔勒

夏季的普罗旺斯，浓墨重彩。除了纯真的紫色，还有浓烈的金黄色。在阿尔勒，大片大片的向日葵田浓烈得像情人的心跳。阿尔勒的向日葵最为出名，因为那是凡·高画向日葵的地方。

现在是灿烂的普罗旺斯少有的阴雨的早上，没有画中蓝色、明亮的夜空。虽然凡·高依照阿尔勒画向日葵、麦田、庭院、街巷，但那更是凡·高心中的世界——充满浓烈的对比色彩，充满生命的律动。麦田像在舞蹈，路能长出脚，风看起来像鸟。是的，他要借助绘画"表达艺术家的主观见解和情感，使作品具有个性和独特的风格"。

他把阿尔勒颤抖、热切地绘在他的画中。他把扭曲、挣扎和热情，那么完美地结合在一起。因为，他自己就是这样的人。

他那"星空下的咖啡馆"在Place du forum（形式广场），那个咖啡馆依然是黄色——黄色外墙，黄色遮阳棚，灰色的靠背椅间有绿色植物。它提供给游客的安闲，没有了当初画中小白圆桌的随性。

凡·高中心——那是他待过的医院。还从未在一个园中看过如此众多的花。早上，安静的阳光照着它们；整洁的走廊，没有一个人。我想，凡·高在这样的早上，也该是安静的吧。人狂躁的时候应该是在中午，发病季节则多在春秋。

突然看到立着的木板上，是他的一幅画。当年精神病院的花园：

LE JARDIN DE LA MAISON DE SANTE A ARLES（《阿尔勒医院中的花园》）。

我的眼泪立刻滚涌出来。从狂癫到勇敢赴死，不晓得那是怎样痛苦的历程。终于可以在他喜欢的麦田中倒下时，他的内心一定安宁至极。在我眼里，这场面，不逊于他画作的绚烂。

想起他笔下的病房、医院的走廊。

开始喜欢凡·高的画，是在荷兰去他的美术馆参观后。我看过很多名家的真品，在佛罗伦萨，在马德里。可是，凡·高的真迹比印刷品有力量得多。

我买了幅印刷版的《春天的巴旦杏》。它并没有明显的凡·高风格，可那是他兄弟提奥的孩子出生后，他画的。那是他入精神病院后，少有的快乐日子。

也是在阿姆斯特丹的这间美术馆，我看到了他那著名的俭朴的卧室。我也是第一次知道，他画向日葵的地方，是阿尔勒。那里明亮的阳光给了他灵感和激情。我在记事本上记下"阿尔勒"这个名字，想着有朝一日我一定要去那里。

4年后的今天，我终于来到法国南方的这个千年古镇，这个一年有300天阳光普照的地方。

那间卧室，在他著名的"黄房子"里。达卡斯朋路上，凡·高真正住过的"黄房子"已经不存在了。1942年，它被炸掉了，现在大家参观的是后来重建的。1888年5月，他离世前一年，住进了这个他憧憬的"画家之家"。高更在提奥的资助下来到这里。凡·高和高更有深厚的情谊，也有共同的艺术理想，然而，同一屋檐下的生活，并不是两者想象的那样简单、和美。凡·高随意，马马虎虎，颜料都堆在一起，画箱永远盖不上。周游过世界的高更则想把日子过得舒适一些。他得先把生活安顿好，才能画画。而凡·高，则在高更到达阿尔勒的当天，就把他拉到田野中去写生。

热烈、激荡的情感后常有伟大、令人震撼的作品，在疯狂和清醒边缘的凡·高找到了，他就是为自己的作品而生的。

凡·高光明磊落，诚恳炙热；他渴望生活，热爱艺术；他能讲四国语言，文采出众，但他的一生，却没有过什么幸福的生活。他的伙伴说："艺术家得有天分，你不行。"他爱慕的姑娘说："滚开，你这个傻瓜。"他的画家朋友说："你这个疯子，你的画让人无法忍受。"街头流浪的弃儿叫他红头发疯子，小商贩把他撞得散了架。他疯狂地作画，然而，他的作品换不了一顿饱饭。他十年的绘画生涯，留下850件油画、千余幅素描，而生前，只卖出了《红色的葡萄园》。

今天，他的艺术为世界所认可，他的画，动辄天价，是世界上最贵重的艺术品之一。荷兰政府建立了凡·高美术馆。今天，他的故事被写成书，拍成电影，为人们传颂、怀念和感动。而迎来他艺术辉煌的阿尔勒——当初居民纷纷抗议他，逼迫他进入精神病院的阿尔勒，却成了阐释凡·高的最佳名片。以他的名字命名的路、通向"黄房子"和他写生地方的路牌、印有他名画的明信片……你想问他的什么，居民都会告诉你。他喜欢的黄色，也已成为阿尔勒的颜色。在这里，你随处可以看到黄色。他热爱的向日葵，也在阿尔勒的郊外热烈地大片地生长。

他热爱向日葵，他说："可以说，那是我的东西。"

他热爱黄色，那是太阳在他眼中、心中的色彩，"那是爱的最强光"。

"凡·高的爱，凡·高的才华，凡·高所创造的伟大的美，永远存在，丰富着我们的世界。"

不知道吸引凡·高来阿尔勒的，是甜美的田园，还是这里的艺术氛围。这个位于罗纳河畔的小城，是罗马时期的古城。2000多年后的今天，斗兽场、古剧院仍然吸引世界各地的游客前来。而掀起旅游大潮的，还是每年七月的国际摄影节。阿尔勒是法国摄影大师、法兰西学院第一位摄影师院士吕西安·克莱格的故乡；阿尔勒的摄影节，现在也已成为国际上很有影响的摄影节。跟其他摄影节多布展在展厅不同，阿尔勒的摄影节，显示了普罗旺斯悠闲、随意、不拘一格的特色。除了画廊和剧院，广场、教堂、凡·高中心、废弃厂房，乃至石头古巷，都成了作品的展示地。

阿尔勒是那种你会慢慢喜欢上的城市。

走在古旧的小巷，经常会看到十六、十七世纪的建筑。虽然经过那么长的岁月，却有时光洗不去的华美。今天，这里的人们也那么热爱生活。法式的细窗外，摆着漂亮的盆花，还有在窗台外摆一排玩具的；还有的，会用好看的花布裹着咸菜坛子摆在窗外。

第十四章
泉城艾克斯看塞尚

有故事的法国

艾克斯是大学城,这里最早的大学创立于公元1409年。来自世界各国的大学生,将艾克斯着上年轻、亮丽的色彩。

艾克斯的原意是由拉丁文"水"演变而来,也有人说是"普罗旺斯最好的地方",据说这里很多泉水都能治病。公元前122年,罗马将军来到这里,发现了这一点,于是用"水城"命名这个城市。12世纪,艾克斯建了许多喷泉,号称"千泉之都"。这多是夸张之说,因为艾克斯实在很小,要是有"千泉",那就被水淹没了。不过现在市内的百处喷泉,也真是一景。每个广场、街角都沐浴着水的轻灵。虽不如罗马的喷泉气势磅礴,但是各式各样,精美雅致。居民自家庭院,那玲珑小泉也是汩汩流淌,宛如时光流过。法国的自来水能直接饮用,这里的水更是好喝。

艾克斯历史悠久,公元2世纪,罗马人便来这里建城。从12世纪到19世纪,这里一直是普罗旺斯地区的政治、经济和文化中心。这个旧日古都,今天仍能见到古罗马遗迹和中世纪建筑。

市中心的米拉波大道,建于1650年,被誉为"世界上最优美的大道"。高大的法国梧桐洒下浓荫,室外的餐馆、咖啡馆宾客满座。阳光在哥特式、文艺复兴

第十四章 泉城艾克斯看塞尚

的建筑上游移，透过梧桐树洒下来。轻声交谈，默默看书，静静编薰衣草花束，看看喷泉，遛遛狗，在广场的台阶上小坐，在草地上野餐，这就是普罗旺斯式的悠闲生活。

众多的咖啡馆，以米拉波大道北侧的"两个小伙"最为出名。不过现在时髦的称呼是：2G。这间诞生于1792年的咖啡馆，是艾克斯最老的咖啡馆。它因塞尚而出名。曾经，塞尚和左拉每天下午都光顾此地。

艾克斯以塞尚为傲。这里是他的故乡。

塞尚，现代绘画之父。他曾在由帽商变成银行家的父亲的劝诱下学习法律，但他一直没有丢弃他喜欢的绘画，最终决定做个画家。他曾漂到巴黎，带着自己的画勉强参加了印象派画家的展览。此后，报纸和公众对他的恶意嘲讽便没有停歇。他黯然回到了他的故乡，但他并没有气馁，他的内心虽寂寞却无比坚强。他向着自己的预定目标跋涉而行。在艾克斯郊外的山林绿意间，他买下一块地。庭院不小，阳光透过绿树，斑驳洒下。二层楼房，顶层是他的画室。屋子里的光线，是自然光线。房子朝北有一扇大窗，像墙那么大。朝南有两扇大窗，左边三扇，右边两扇。从屋子里，可以直接看到他画中经常出现的圣维克多山。他还嫌不够，又做了架巨大的人形梯子，经常爬到上面去观察。

灰色的墙、门，灰色的高桌；帆布躺椅、马扎、中间已经坏掉的草编椅子；高高低低种类繁多的各式瓶子、罐子；竹篮里、盘子里的苹果——他死后20年"让巴黎震撼的苹果"；墙上的装饰画，六斗橱上的骷髅头；藤编椅子上，画夹里的静物；那粗呢大衣，让人想起《玩牌者》里男人们的装束；那浅栗色三斗橱上的石膏像，是1895年他画的《丘比特的石膏像》。

塞尚，这个不被理解的孤独者，奋斗一生，用颜料来表现他的艺术本质。他把事物从表面解放出来，用色彩、几何结构，把画面的语义从主题里抽离开来，将画面变得简单、纯粹，是他对美术史众多贡献之一。"画画并不意味着盲目地去复制现实，它意味着寻求各种关系的和谐。"从塞尚开始，西方画家从追求逼真地描画自然，开始转向表现自我，并开始出现形形色色的形式主义流派，形成现代绘画的潮流。

塞尚广场、塞尚医院、塞尚中学、塞尚咖啡馆……今天，艾克斯的大街小巷，到处是塞尚的影子。

艾克斯有法国南部最重要的艺术博物馆之一——葛哈内博物馆。这座米黄色的建筑位于市中心圣·让玛勒特教堂旁边。藏书家梅冉纳还为艾克斯留下一笔财富：4万本11—13世纪的藏书，组成了珍贵的梅冉纳图书馆。

你可以去登曾在塞尚画中多次出现的圣维克多山。如果喜欢险点的，也有冯度山——白色的岩石，远看像雪一样；惊险的路上，不时有赛车。此地被联合国列入"生物圈自然保护区"。

第十五章

普罗旺斯市集的美好记忆

我从小山上的小教堂下来时，阳光已洒进半条街巷。提着草编筐的人们出门了。尼翁的市集正在开始——小货车、小马车……静寂的小镇一下子热闹起来。

普罗旺斯烹饪喜欢用的大蒜——简单，却那么漂亮、别致地扎在一起，带着花的朝鲜蓟、干干净净的土豆、青椒、黑色番茄……普罗旺斯位于南部法国隆河一带，山杰地灵，温和的气候、地中海的终年阳光让这里的蔬果又美又大，产量颇丰。

早间新摘的草莓、覆盆子、蓝莓、醋栗，打着小包装，放在纸盒里。一排油瓶子后经过简单装饰的几盆花，甚至就只是篮子装的大蒜、南瓜、橄榄油。日常所用，简单组合，让人赏心悦目。

此地盛产的橄榄油，装在精致的瓶子里，躺在木箱干净的茅草上。虽是小作坊生产，但绝对干净，不是我们想象中家产的简陋，卫生堪忧。付钱给卖家时，

不是随便给你个塑料袋一装了事，而是放上些茅草，再放进装饰着一块透明玻璃纸的牛皮纸袋里，又防摔，又漂亮。茅草不是严严实实地塞在里面，而是弯弯曲曲露几枝在外面，仿佛正俏皮地向外探望。

装橄榄油的瓶子，也美得像花瓶一样。确实，做饭如赏花一样，可以是艺术行为，养心，养目。你从这样的瓶子里倒油，绝对和从破旧、油污不堪的烂瓶子里倒油心情迥异。

装橄榄的小碟，像花盘一样。其实，它们和普通的白盘子

第十五章 普罗旺斯市集的美好记忆

不过几块钱的差距，转化的却是一种心情。生活少点程式化，多点色彩，如同一抹阳光、一盆花草，劳累便减轻，日常便不再单调。

当然，这心思来自修养，来自对生活的态度。

卖家的脸上，也很少有那种农民气息。穿牛仔短裤、吊带衫，金色长发的姑娘，面前是草编筐，用花花绿绿小布袋包着薰衣草。她们带着油画中天使一样的表情站立着。你怎能把她们和印象中大声吆喝的卖家联系起来？

这里的卖家很少大声吆喝，却可以和你聊天。

"这是自家产的果酱，都是有机水果，绝对没有添加剂。"

"你用面包抹点这面包酱试试。"

"这是手工环保香皂。就是用你在那边不停拍的薰衣草做的。"

当然，卖家也有沉默不语的，坐着翻看时尚杂志，等你问话才开口。看起来不那么热情，但也少了你的心理负担。这些人中，也不乏艺术家。普罗旺斯是退休艺术家的新兴地。他们用画和小艺术品，传达着对生活简单却美好的追求。

有些人喜欢讨价还价，但明码标价会少很多纠缠。买卖都不再是负担，而是享受。

市集没有尘土，周围山野的气息却依稀可辨。还有7月里，到处装饰的薰衣草的独特气息。

175

伸向河谷的阳光平台早已满座。那是观景台一样的地方，尼翁的青山绿水就在脚下。这是法国的橄榄园。除此之外，查不到这个小镇的任何信息。你待一日，却会马上爱上这里。

咖啡馆的室外，是阳光小座和吃早餐的人们。人们习惯把上午的美好时光和阳光一起消磨。空的座位不是没人，是已被预订出去。

来一杯新沏的薰衣草茶，来一包当场做的果仁糖。

阳光早已洒满了整个街巷。今天，很美好。

普罗旺斯的市集众多，最出名的该算Gordes（戈尔德）市集。这个悬崖上的小村位置确实特殊，被誉为法国最美的乡村，但市集实在是小，纪念品却很多。

有些人说："如果你在普罗旺斯只能去一个市集，而你又想要能贴近当地生活的，L'Isle-sur-la-Sorgue（索儿格岛）市集是首选。"这个大名鼎鼎的市集确实不错，市集大，东西多，开在周末，又有观光气息。尼翁是山谷观河，这里是小溪环绕。

艾克斯的市集也颇受赞誉。因为交通方便，顺便还逛了市容。虽然观光气息多些，但东西种类也不少。这里有著名的玫瑰红葡萄酒和源自中世纪传统的可林松饼干。

也有人说，卡瓦雍市集代表着普罗旺斯的生命力。但多转几个地方，会觉得这个地方平庸了些，市集上的路边摊倒值得坐下尝尝。

还有人说离阿维尼翁不远的Uzes市集，是普罗旺斯最好的市集。确实，品种多，便宜。

不过若论便宜，还得是Apt市集。

第十六章
奥尔良——秋之彼岸

第一天，我花2.2欧元买了颗浇肉冻的鸡蛋；第二天，我花2.9欧元买了份浇肉冻的三文鱼；第三天，我花5欧元买了半个煮熟的大螃蟹；第四天，我又在他的小店前站定时，他说："姑娘，如果我没有猜错的话，你在减肥吧？"没等我回答，他又笑了，"而且，计划快要失败了。"

我也笑了："是啊，什么话都不能说早。十年前——不，也就五年前，我还跟别人说'我从不减肥'。"

"人总是回忆年轻的时候。"他说，"我要说，就是五十年前，半世纪前啦。"他说这话时颇为沮丧，丝毫没有法国人不服老的样子。

第五天，我被他摊前红红的小果子吸引，花3.95欧元买了一盒。我真是馋，没等离开摊位就打开盒子吃起来。

我不知道这东西叫什么。店主说是"grosseille"（茶藨果）。我不懂，他又说了两遍，我还是不懂。

"在法国，这通常是甜品上的点缀，很少有人这么吃。"他说，"你吃酸的样子，真像我一个朋友。"

我这才发现，半盒已经下去了。

我以为这是很快就结束的对话。谁知道，这仅仅是开始。

在他年轻的时候,也就是他说的半个世纪前,在圣十字大教堂门前,他认识了向他打听贞德故居的日本姑娘。他年轻时追过很多姑娘,有一个拒绝她的理由很简单:我们离得太远,以后不可能在一起。所以,他第一眼见这日本女孩的心跳,他自己抑制了。

"可是,你知道吗?她不是来这里旅行的。她在奥尔良大学读书,是第一天出来。"

他自告奋勇带她去贞德家,那曾是奥尔良公爵财务官的房子。5月6日,他又借口之后两天要过贞德节而去找她。此后,他们常常见面。他们在卢瓦尔河边散步、远行,找寻旧日内河航运的痕迹。他们在布斯和索洛涅之间的森林里徜徉,他也去中世纪市场,买她最爱的grosseille。她说话不多,但她细长美丽的眼睛会那么一直温柔地看着他,让他沉醉。

她安宁秀美,擅长手工。她会用纸折美丽的花篮,会用雏菊做美丽的花环。他们相处的时光快乐而浪漫。

那时法国人的感情保守,对父母的意见也比较尊重,不像今日。

"因为父母反对异国恋,所以你们结束了?"对他人的讲述,往往是遗憾、伤怀,没见过谁大夸自己幸福的,尤其在一个陌生人面前。

"不不不,你完全想错了。我父母在越南生活过,对东方人有天生的好感。

有
故
事
的
法
国

180

第十六章 奥尔良——秋之彼岸

他们也喜欢这个日本姑娘。"他的脸色沉浸在凝重的往事里,"我们分手,只因为有天在她的宿舍,她缠辫子的皮筋坏了,我无意中把那彩色的线拆开,发现里面竟然是白色的避孕套。我知道她擅长手工,我猜想一定是她把避孕套剪得很细,然后缠上彩色的毛线。她怎么会有避孕套?我对她的感情一下子起了变化。"

有人来买金枪鱼三明治,他的讲述停了下来。我抬眼远望,从这里可以看到 Martroi(殉难广场)广场一角,那广场上有持剑的贞德。我来奥尔良,不因它是卢瓦尔省的省会,只因它是贞德的故乡。高中学世界历史的时候,我想我有天可能会去那里。

买家走了,他又重拾旧话。她开始时不理解他的冷淡,后来从另外一个男生嘴里得知避孕套的事,也不再找他了。他想她是知晓自己不够真纯,自动撤退了。他们再也不往来。

本来他谈避孕套,我不太方便插嘴。可在这个结局面前,我真忍不住了。

"我也用过这样的皮筋,街上买来就是这样的。"

他点头:"我要说的正是这话。一直到五年后,我才知道街上买来的皮筋就是这样的。可这时,她早已离开法国,回日本了。"

如果这份感情在他心里日渐淡去,也就罢了,问题是它还在燃烧,尤其在他得知真相后。

"当时她为什么不向你解释?"

有轨电车驶过,他的话又停下来。

轨道伸向远方,但也停留在此处。

"她对我的爱,因为深厚而不容我有一丝怀疑。尤其是她从别人嘴里听到我对她的品论。"他叹口气,"那时人们保守。放到现在,一句玩笑话就过去了。"

像大部分人一样,他只有空空地追悔,什么也没做。

因为心里有这份感情难以割舍,他后来的婚恋很不顺利,一直到34岁才准备结婚。这本是高兴的事,可不知为什么,他的心里突然难过起来。那曾经燃烧在他心头的云霞又穿越时空而来。他也迷恋那时的自己，青春飞扬，充满热情。

"我知道，如果有一件事我不去做，我会后悔一辈子的。"

"你去了日本？"

他点头。

"她早已嫁为人妇。"我毫不留情地说出了料想中的结局。我心里觉得，这重燃的爱情，只是纠结着一份不死的心，热度和气势都不行了。

他一时没有回答，沉吟了好一会儿，才说："你立刻挽回，只需要转身。你等待后再想挽回，就隔了时空。"

"时空无情，因为世事难料，心意漂移。"

"这时空比你想象得还要高远。"他突然抬头看看天，然后又沉吟片刻说，"她已经去了另外一个世界。"

我惊讶，顿时沉默起来。

"我去日本的时候，正是日本传统上坟的日子。坟边有很多很多红色的花，红红的，开得太热情——不，应该说凄绝。那花燃烧着我的思念，像因为生命已逝而没有尽头的爱。那花我认识，叫石蒜花，日本名字叫曼珠沙华，你见过吗？"

我摇头。

"我以前也仅仅是认识，并不了解。那花很奇特，叶子掉光了才长花，花开完了才重新发叶，所以人们称它'花叶两不相见，生生相错'。这花又叫彼岸花。那个上坟的日子，名字也很特别。"他望着我，"你总该知道吧？"

我摇头。

"你不是日本人？"

"我是中国人。"

他叹口气："那个日子叫——秋之彼岸。"

第十七章
图尔———一瓶春风

有故事的法国

在意大利南部，GPS把我指向一条极窄极短的路，在一个大院里，像是通向某家的死角。我无论如何不能相信，努力掉头，结果，半小时后，GPS又把我带到这条路前。我只有前行，谁知在屋角拐弯后，面前豁然开朗。

今天，在希农，GPS又把我带到了类似境地。我穿过小镇时的半信半疑，现在全部变成怀疑了：这么陡窄的路，两旁还是民居……凡事不能犹疑，你一犹疑，它就会出来绊脚。被我掉头的车不听话了，半横在路上。我弄了半天，对后面的距离实在没把握，只好下车查看。可是慌忙急乱中，我竟然忘记拉手刹了。还好车是半横着，离后面的房子距离短，还没容我走到车后它就停了，否则从坡上冲下去，我估计就一命呜呼了。可"万幸中的不幸"是，车底盘被路旁的一块大石头卡住，车怎么都发动不起来了。

在非洲，我的车胎被扎，大半夜竟然有十几个人跑来，每人只给一点钱就可以把事情办成。在北非，我的车陷在沙里，阿拉伯人比黑人心眼多，他们是先和你商量好价钱，然后再帮忙。4个人帮着推一推就要200？我不满意价格，又联系警察，联系消防队，结果和私人解决的钱不相上下。此外，还要搭进等待的3个小时。

第十七章　图尔——一瓶春风

在欧洲，花钱买方便远不如非洲。我只好准备厚着脸皮去敲路旁紧闭的房门。

贝劳就是这时候出现的。

他弄了一会儿，从车里出来，把钥匙递给我。

"没别的办法，只有等救援了。"说着，他帮我打了电话。

我道谢。

"他们一时半会儿到不了。"他下面的话让我听了一愣，"咱们不如爬到山上去看日落。"

此情此境，我有心情和你看日落？

我虽没说话，但他也明白我的想法，他说："你在这里坐等救助，岂不白白浪费时间？我没出过这样的事，但我估计会有很多琐碎的事需要解决吧？你租车的车行，保险公司什么的。如果你再不挤出时间看看美景，那旅程就完全被这个意外吞没了。"

我觉得有道理，于是锁车，和他爬山。

"你来希农看什么？"

185

"拉伯雷。"

他笑："你没幻想过让拉伯雷的巨人们来帮忙？"

"是啊。巨人一只手就会把车拽出来。"

"是的。"他说，"我没用。"

"你已经给了我最有用的忠告，我会把损失降到最小。"

他点头："一件事情不解决，可以暂时绕过它。否则你被这件事缠住，别的事也耽误了。"

这不是我见过的最美的日落，却非常特别。

除此以外，我还收获了一个故事。

那时，贝劳已六年没有工作了，积蓄渐光，捉襟见肘了好长时间。是拉下脸去打份短工，还是把皮拉奈思的雕塑卖了？他父母留下的东西中，他不喜欢这个。后来老友加埃唐多次鼓噪，又亲自帮他拾掇，他才终于同意把花园东南角一直空置的房子租出去。加埃唐拍了照片，在网上给雨晴传过去。雨晴不干，非要亲自过来看了，这才同意。相关手续都是加埃唐替他办的。三个月的预付房租，也是加埃唐转手给他的。把钱给他后，加埃唐说："今天之后，我可什么都不管了。"就这样，他在msn上加了雨晴，说好"只在有急事时联系"。

她知道了大门的密码，一按就进来了。贝劳从楼上看到了她：一袭紫色的裙子，袅袅娜娜；一头长发，飘飘洒洒。

她没有直奔东南角的房子，而是把手提箱扔在一边，在院子里转来转去。贝劳原来雇过园丁，曾经有两年，园子保持着他母亲在世时的样子。后来没钱，院子渐渐失去生机，只剩下整齐的草坪。后来园丁被辞退，园里也便荒草丛生。只有朝他房间的那个有很多雕饰的喷水池偶尔喷水。这不用花费什么成本和力气，使他快乐又忧伤地回忆起少年时的幸福时光。

母亲去世后，他内向的性格见甚，除了加埃唐外几乎没什么朋友。当然，他网上的朋友很多，但他从不和他们见面。他好几年没有和姑娘相处了，他觉得这很艰难，尤其在一个院子中。所以雨晴来前，他把面向花园的房门锁了，只走面向小街的北门。

她留恋这荒园的时间太长了，让贝劳有些后悔没有在合同中说明她仅能使用房子，不能使用花园，又一想，谁能对这样一片荒芜有真正的兴趣呢？只是一时的好奇罢了。她胆子也挺大的，敢"独自"租这么一个荒院。

当当当，谁在敲窗？他真是神经质了。这不是0层，是1层。是雨敲窗吧？外面正大雨倾盆。

这下她该进屋了吧？然而她没有。她跑了几步，躲在栗子树下。这树忠于这个庭院，一直用它的宽厚回应贝劳的懒散，体谅他的疏于照料。她走了吗？原来她把手提箱拉进大树的保护里。

贝劳从未在楼上这么看别人，觉得不太合适，于是又返回电脑前。

他并没有看屏幕，只坐在那儿，陷在自己的茫然里。过了好长时间，他找到了说服自己的理由。他是房东，有权利知道她在他的地盘上干什么。他不确定自己的理由是否恰当，这时，他看到了msn上她的留言：我的房子漏雨了，请立刻让人来修！

他赶紧起身。他想，她在房间里不知道急成什么样呢？这时，他却忽然从窗户瞥见她正要出门。

她换了身牛仔，把头发吊成马尾，跟刚才判若两人。不会不想租了吧？她倒是没有带行李箱，而是挎着一个野餐篮。

雾气飘移，让他恍惚如梦。她的神态有些惊喜，她一下下把什么放进篮中？他忽然想起小时候，雾起时和妈妈在安得尔森林里采蘑菇的情景。雨晴放到篮中的不会是蘑菇吧？他可没在自家花园见过蘑菇呀，是这几年长的？不会有毒吧？他想把这个在msn上警告她，却怕他的窥视被这句话揭穿。他先回复了修房一事，然后郑重警告：你所租住之处，多年没有人住，一切陈腐、有毒，切勿自行食用。他的描述是有些奇怪，莫名其妙吧？她两小时后的回复连打了几个问号，然后说：此房不会是……

从她的房间再往东走，他目力不及之处，还有木头栈道，年久失修，别哪天

她踩上去了，这些回头都得说说。他不自觉地看看她的窗，却奇怪地看到窗下，开着一棵蓝色鸢尾。那东西会窜根儿，可多少年都没有见到这蓝色的身影了，也或许是他太久没有往院子里看过了

那是周末，找不到人修房，他过去一点用也没有。夜里11点，他还是忍不住站到窗前，望着花园。月光明洁，他看到一个身影在搬着什么。这院子里没什么可偷的呀？他一时忘了已经有人入住。现在，他突然对一个年纪轻轻的女孩独自搬到这个荒园心生疑惑。

他看出来了，她是在搬大门左手边的两个大花盆。那是养过嘉兰的花盆，他妈妈总是把蛋壳倒扣在上面。时间太久，有个花盆都糟了，有天他不小心踢了一脚，它一下子就碎了一角。

她想干什么啊？

这个花园曾盛放过多少花啊？妈妈把它们一起带去天国了。"你真行，龙舌兰都能被你养死。"加埃唐有天说。后来，他看到钢琴上蒙着那么厚的灰，就说："嘿，真是，那些花算什么呀，手边的你都不管呢！"

克努过来蹭他的腿。这猫跟他一样，饿坏了吧？它不久会不会换主人呢？他一天才一餐。

"你们法国人办事太拖拉，根本谈不上服务。要是在中国，一个电话，服务

的人马上上门。"在msn上，她跟贝劳抱怨。他也没太当回事。过了两周，房子才修好。那房子真是太久没有住人了，几天后，线路不好，又停电了。那次可把她折腾坏了。因为没电，上不了网，她没法在msn上跟他联系。他又没有手机。她只好半夜给加埃唐打电话，可又碰上他关机了。她抱着电脑去了布鲁梅罗广场的酒吧。后来，她又索性找了一家旅馆住下来。

然后，这丫头拿着酒店的收据，找贝劳报销。

"在msn上和我联系完，你完全可以回家呀。"

"你回复及时吗？你们修东西及时吗？"

两句话噎得他无语。

"这费用怎么着也不该我出啊？合同上可没有这条。"

"谁知道法国这么落后。我长这么大，没遇到过停电。"

"这跟法国没有关系。这房子年久失修，线路坏了。"

"年久失修的房子你租给我？"

他说不过她。他想象自己在黑暗里、在这偌大的花园里摸索，是不容易。尤其她才刚来，不熟悉情况。不过这110欧元也不菲呀，他都没住过这么好的酒店。最后，他心生悲悯，同意AA，出一半钱。

"你又没有和我同住，怎么出一半钱？"

这是她的漏洞，他马上说："是啊，你自己住的，你全出。"

"你让我无处可睡啊。"

"又不是上次房子漏雨。这没有电怎么就不能睡？"

"一会儿漏雨，一会儿停电，这样的房子你好意思出租？"

"加埃唐帮收拾的，我以为一切妥当了。"他不敢再提房子的陈旧未修问题，"但你也不该找这么贵的酒店啊。"

"我的精力，在黑暗的院子里用光了。你记得吧，那天一点月光星光也没有。你的院子甚至没有灯光。院子那么大，野草丛生，你知道我费了多少劲才找到大门？我都想报警了。"

有故事的法国

后来，他马上知道了，其实她并不是斤斤计较的女孩。她当晚在Charles Barrier（查理巴里耶）请他吃了一顿——和一晚的住宿费差不多。喝完一口Le vouvray（诗南）白葡萄酒，他开玩笑说："你不早说。加埃唐有一个朋友开酒店，四折就可以。"

她优雅地吃完那口梭鲈："我早说？你的家我早说？"她笑了，"早知道，我就预订荷奥城堡的'浪漫一夜'了。"

餐桌上的烛光映着她的脸，美丽异常。

"线路板也不能一时修好。"

"没有电会影响我的生活。"

他说这次一定尽快。

他准备带她穿过花园，送她回房。他不知今晚的夜幕是不是也一片黑暗，她会扶着他的胳膊吗？或者，他主动牵起她的手？

从餐厅出来，他仰天看。她问怎么了，他说没什么。

——星光满天。他从未见过这么漂亮的星光。

一家商店还没有打烊，他买了好些蜡烛。

院子里黑，星光显得更加璀璨。

好多旧事，像她初来那天的雾一样，在他身边围绕。夏天的时候，贝劳一家在石桌上吃饭。如果他考试没有考好，爸爸在公司不顺心了，或是妈妈在奶奶那里受了委屈，妈妈就做忘忧菜。在陶罐里放一层甘蓝、一层盐，撒上杜松子，发酵后，再加熏肉、土豆、甘蓝。不管餐桌在哪里，妈妈都装点鲜花。虽然有时就是一个玻璃杯里放上一朵小菊花，也让人心意清朗。

更多时候是喝午茶。妈妈做的蛋白杏仁小圆饼，是他吃过最美味的饼干。她做的蛋糕，常常把蜜蜂招来。妈妈是他认识的最热爱生活的女人。屋子里、花园里任何一个角落，都能看到她的爱意。她穿着蓝色碎花的连衣裙。他从她栗色的大眼睛里能看到白云。她和爸爸相遇在一条开满马鞭草的小路上，后来在安得尔森林，再也看不到那么成片的马鞭草了。妈妈就在花房后的小山坡上种上。他不

知道马鞭草是那么美丽的花。他开始喜欢那个山坡,经常躺在那里。马鞭草的阴凉下,就如在妈妈的庇护中。它也像妈妈,初看并不特别出色,越端详越觉可爱。可他奶奶不喜欢。她囿于一种成见,再不改变。

妈妈也喜欢鼠尾草,于是三色堇的旁边种了好多。

不知为什么,从看到雨晴的那天起,他就不停地想起妈妈。

风摇树影。

"什么这么香,是月见草?这花园好多年不种花了。"

雨晴说:"月见草的自播能力强。种一回,后面的事情就交给它了。"

他没有和她牵手而行。这个晚上,那久已迷踪的浪漫情怀却开始蔓延在他心底。

第二天,他站在窗口,怀疑前夜是一个梦。那花园,荒芜而残缺,没有一点昨夜浪漫的影子。

她安顿下来,安静下来,再不用一行同样的字给他发几十遍,一上线就狂闪他。

"估计救援的车来了,我们下山吧?"贝劳突然说。

我已经沉迷于这个故事,愣了一会儿神,然后说"好"。

"我和雨晴,也在这里看过日落。所以,今天一见这日落,忍不住和你说起了她。"

这个故事，该有怎样的下文呢，可惜没有机会听了。

救援车还没有来。我说："贝劳，你有事就走吧，我一个人等着。"

"你对我的故事没有兴趣？"

我说："哪里，我求之不得。"

我请他进车里。

秋天一晃而过，冬天漫长得熬人。

他偶尔会在msn上遇到雨晴。他从不和她主动招呼，她也不。他也不上门收房租，每次她都主动打到他卡里。在花园里他们从未遇到。这是当然，他只偶尔从上面看看，从不进花园。

这天，加埃唐来了，抱给他一个礼品盒。

"你们玩什么游戏？近在咫尺，却托我送东西。"

"她还不知道我住这里。"

加埃唐表示吃惊。不过他出什么事情，加埃唐也不会特别吃惊。

加埃唐走后，他打开了盒子。里面是一个瓶子，如果瓶子再精致一些，他一定会以为她送他的就是这个瓶子。可瓶子太平常了，装在这精致的包装盒里有些匪夷所思。瓶子上紧扣着盖子，里面却什么也没有。估计他这辈子再不会收到比这更奇怪的礼物。第二天，他偶然把瓶子倒过来，看到上面贴着标签，写着：一瓶春风。

他的心一下子荡漾起来。他扭头，看到窗外，梨花竟然都开了，紫玉兰俏丽动人。他以为现在还是冬季呢！

他冲下楼，左拐，左拐，开大门，冲到雨晴的房前。

故事正到精彩处，救援车来了。

我的车被拽出来，没什么大碍，还能开。修车的事，就交给车行吧，我赔些钱就是了。

没机会再听贝劳的故事了，我这样想着，却看见那辆救援车竟然撞到了墙上。

第十七章 图尔——一瓶春风

这是什么水平啊!？

倒也没什么大问题。救援车上的两人下车查看一番，嘟囔了几句，走了。

"谢谢你，也谢谢你精彩的故事。就这么结束了，说真的，我觉得蛮遗憾的。"

"你接下来准备去哪里？"

"图尔。"

"太好了，我就住在图尔，这个故事的发生地。我搭你的车可好？"

我说好，非常好。

他把他的山地车放进后备厢。

"你讲到你看到了那瓶春风……"

"是，是。我一下子冲到她那里。她高兴地把我请进屋。"

"你是怎么表示的？感谢她了？"

贝劳被眼前的景象吓了一跳。刚才心里的感动，现在统统变成愤怒了。她把他家曾经的夏宫，变成了南美丛林。墙壁全部是绿色了，上面绘着高大的热带植物。不全部是绿色，还有蓝色的河流、黄色的热气球。嗯，还有竹筏、瀑布。她甚至还装了个吊床。

"你凭什么动我的房子？"

"我居住期间，这房子的使用权归我，我有权利决定怎么用它。"

"你这么大的动静，我竟然不知道。"

"我不告诉你，你当然不知道。"

是啊，她还不知道他就生活在这里。不过他都好几个月没有向院中探望了。

她居然把那个白色陶瓷的台灯罩子拿下来当花瓶。

这次她道歉了。"对不起，昨天刚买的花，一时还没有去选花瓶。"不过，她的歉意马上变成理所当然，"这个，你没觉得我找到了它的另外一个功能吗？这个台灯闲置在这里，估计有十年八年了吧？早不好使了，我换了灯泡，也不好使。"

他妈妈去世后不久，他流连过这个夏宫。可能是太伤心了，他失手将一个蓝色的玻璃相框打碎在大理石地上。那是妈妈从威尼斯带回来的相框，非常珍爱。他将相框中的全家福取出，夹到自己常翻的一本书中，相框碎片也没有舍得扔。他后来来过几次这里，开始几回还注意过它，后来就视而不见了。它蒙着岁月的尘土，也蒙着人们逐渐习惯的淡漠。现在，他看见那几个碎片被她系上紫色、白色的饰带，挂在了窗前。风过，它们竟然叮叮当当，清脆悦耳。

他走到里间，卧室则完全是另外的风格。蒙着织锦的茶几上，有一个漂亮的大大的透明花瓶。蓝色、紫色、白色的洋橘梗妩媚动人。窗台上，两枝鸢尾亭亭而立。

他没有为那瓶春风道谢，也没有更多地责难她，反正事已至此。

她的事情，他慢慢开始放到心上。她说烤箱用时怎么发出啪啪的声音，好吓人。他几分钟就冲到了。

"你怎么这么快？"

"我刚好在附近。"

"我也没打电话呀，用的msn。"

"我住得很近。"

"非常近？"

他点头，带她到院子里，指着北边："就在那里。"

"你竟然就住这楼上？"她望着他的房间说，"我怎么感觉这么怪啊？你不会在上面偷窥我吧？"

"没有。也看不到什么。"他赶紧引开这话题，"我住那里和你其实没有关系。我不出入这院子。"

她还是去查看了一下——他通向院子的南门，确实是锁着的。

"你看过了我的房子，我也该看你的。"

"不一样。你住的房子，也是我家。"

"从前我那个房东，我从不让他进门。从签协议起，房子就不再归房东

第十七章 图尔——一瓶春风

使用。"

他的家，蒙着一指肚的尘，怎么让她进？或者，他还没有准备好让她进。反正，他拒绝了。她生气了，再不理他。

他也没有更多介意，又沉浸在自己的世界里。

夏天到了。有一天，他没事向院中张望。

他简直不相信自己的眼睛。花园已经完全改变了：摇曳的波斯菊、蓝色的翠雀、欧洲银莲花，都茂盛地开放着。她在院中这么大动静，他竟然不知道？他在msn上说："想参观一下你的花园。"她说："欢迎。"

他收拾了一下自己。他到时，她已经准备好了茶点。精致的盘子、精致的点心，还有几枝剑兰。这让他想起妈妈。

他们在回廊下吃点心。她在冰红茶里放上她自己种的薄荷叶子。几盆紫芳草摆在木栏杆上，芳香幽人。

她还在院中安了个秋千。他笑她的孩子气。

出租房子，都该把花园一起算上吧？他不知道。

回去后，他请人打扫了三天房子，然后请她来做客。

"你们家还有这个？"她指着一幅日本版画。她喜欢卡那勒多的雕塑。

她看到了她送的那瓶春风，摆在电脑的右边。

"那只是一瓶。你应该把窗户打开。"她走过去，这么做了。

午后的夏风进来，凉爽宜人。

那是他生命中最浪漫的夏天。

他们在院子中，看醉蝶花开放：那花瓣缓缓张开，长爪慢慢弯曲，从花朵里跳出。她在他的房中摆上繁星花，说："它们像星星一样，照着你的梦。"

他们经常步行去林间。她的视力极好，可以看到棕灰色的知更鸟在飞行中捕食。他想，自己就像那知更鸟吧——灰色的。可是因为她，胸前便有了那抹橘红，生命便有了色彩。雨晴认识知更鸟，知道这种鸟能"看见"地球磁场，在迁徙中为自己导航。

第十七章 图尔——一瓶春风

他们在草地上铺上格子布。她的野餐篮丰富多彩。她打开一瓶布尔格伊的葡萄酒，他拿出热里内烤肉。他们不用一次性的东西。他的木头杯子，和他们一起在自然中开怀。他开始唱歌给她听，他的香颂浓郁缠绵。她喜欢他的声音，图尔人会说最纯正的法语。

他们也把吊床带出去。林间的微风吹着他的美梦。他也喜欢躺着，听MP4中销魂的BASANOVA（巴萨诺瓦音乐）。

大自然在她的眼里那么充满生机。最微妙的色彩、声音，她都能捕捉。

比如林间小溪。从前，他只知它的清澈、静谧，而她让他知道它不同的时候有不同的色彩。他看到了蓝色的早晨、金色的下午。庭院中的树，他知道它受阳光的照耀，她还让他知道月光也沐浴它。再想想，嗯，雨水滋润它。可是，他绝对想不到风。风也是有色彩的。她用彩色的布条为他做了一个风车。他想起妈妈为他做过的万花筒，他想起奶奶为他折过的小船。他有些想奶奶了，她一定很老了吧？她可是这世上他唯一的亲人了。

有天，带雨晴游览香波堡时，在那个著名的双螺旋楼梯上，他又想起奶奶。达芬奇设计的这个双舷梯有两组，独立而又相互交错。两人可以看得见对方，但永远都不会相遇。据说，这样绝妙的设计是为了避免王后和情妇遇到而大打出手。

这不可能。妈妈那么温婉，当然不可能，奶奶就没有让他们住进城堡。

昂布瓦斯堡，是达芬奇度过了一生最后岁月的地方。他又想起奶奶。奶奶在世的时间不知道还有多少。如果没有与他的和解，她生命中最后的时光一定孤单、幽怨。在城堡高处，他们俯瞰着整个小镇和卢瓦尔河。河流和大海那么不同，它穿行在他心底，就像雨晴。

他和雨晴去LE BonLaboureur（庞拉伯鲁尔酒店）。他看到餐桌上一个漂亮的木头饰银相框，里面的照片是一望无际的马鞭草。小路上，有一个女人的身影。他拿过来，看了半天。他准备放回去时，雨晴说："这是你的了。"

"你跟这餐馆这么熟？"

其实那是她放的。她竟然会想出把生日礼物放在这样的地方。

她把平凡的每一天都过得那么奇妙。

当然,他一贯的怀疑偶尔也会浮上心头。她那么体会他的心意,让他有些害怕。她是否了解他的背景,觊觎他的财产?她知不知道他还有城堡和葡萄园?当然,那也可能不是他的。这取决于他是否能和奶奶和解。

这些心曲,小小的阴影,附着在阳光下。

她的生日晚他一个月。他把秋千装饰得像个宝座,上面开满了鲜花,美轮美奂。那是这辈子他送出的最浪漫的礼物。整整一个下午,他都担心下雨或刮风。还好上天成全他。

她应对挫折的能力比他强得多。

有天他们骑车出去,半路车坏了,怎么都修不好。他沮丧起来,她建议弃车。一会儿,又下起雨来。他情绪又低落,赶紧躲在一棵雪松下面。

"走,我们去看它们雨中漫步。"

"看谁啊?"

"看了就知道了。"

"它这样就出来了?"他惊奇地看到不带房子的蜗牛,他突然会开玩笑了,"它难道把房子卖了?"

她哈哈大笑。那不是蜗牛,是蛞蝓。

他羡慕它的自由。

她说:"事情都是相对的。它没有保护,也就没有羁绊。"

她教他中文,他进步飞速。有天他拿起她书桌上一个纸包,高兴地说:"这两个字我认识:地铁。"她差点没笑昏过去,那是地肤。它还有美丽的中文名——观音菜、孔雀松。她又解释了半天观音是什么,总之跟圣母玛利亚差不多吧。

车开进图尔了。

"我把你送到家门口吧!"我说。

"好。"贝劳继续讲他的故事。

九月底，黄色百合花已经脱去盛装，马鞭草还摇曳着紫色的风姿。这精巧的小花，让人爱怜。小溪流淌得不那么欢快了，树荫下很有些凉意。她坐在银杏树下。风过，便有黄色的果实落下来。他吃过烤银杏果，他不知道新鲜的果实那么软。她让他知道了这世界的丰妙。

她总会教他用特别的方式看周围的世界。他从小生活在图尔，却不知道还有这样的方式观看它。她带他去坐热气球，热气球起飞时声音巨大，然后是无边的静寂，就像得知妈妈去世后他和奶奶的争吵。然后，他的生活沉寂下来，几乎没有任何声音。

有天，他们在751号公路旁帮助了一个老妇人后，他有了新的怀疑。她是否是被奶奶收买，故意来软化他的？过村庄，穿森林，他的心跳荡在阴影和阳光下。

他说要出门几天，把家和猫交给她。回来后他发现他的猫变了，它用背在草上使劲蹭，拳打脚踢，最后索性打滚了。

"你给它吃摇头丸了吗？你答应好好照顾它的。"

"我是好好照顾它呀，给它吃了奶酪和火腿。只是不知道我的葡萄酒它偷喝了没有。杯子里的酒洒了，不知道是被碰洒后它舔干了，还是风干了。"

"你到底对它干了什么？你是不是虐待它了？"

"那它该向我发火，或者躲开我。"

"它是该躲开你。"

他感觉出了自己是把在奶奶那里的怨气发在了她身上。雨晴并不是受雇于奶奶的。这么久未见，奶奶还摆着那张冥顽不化的脸。是啊，那么顽固的她，怎么会主动同别人和解？

雨晴笑："它更像自虐吧？那它就不是猫，是人了。"

他的怨怒被她一笑扫光。

可是，猫神经了，间歇性发作。

这时她才告诉他，是因为猫薄荷的缘故。猫对这种植物有奇怪、独特的反应。

"你何时种的？"

"早种了，只是你不知道。"

猫折腾得累了，在秋千上睡着了。

他们坐在栗子树下。她还是没有问他去哪里了。

他从前还有一棵栗子树，在奶奶的城堡里。妈妈也精通园艺，她种的黑番茄是他吃过最美味的番茄。优点只在朋友的眼里，奶奶看不到这些。有些矛盾永远无法调和。

没有了奸细的怀疑，他感觉自己对她的感情马上又恢复原状。

贝劳的家到了。

"如果你愿意，可以进去坐坐。"

法国人很少把朋友请回家，何况是陌生人。我有些好奇，也想把这故事听完。他和雨晴情深，不会对我怎么着的。很多事情，都在冒险和收获之间平衡，比如我同意和他爬到小山上看日落。

他按了大门的密码，我们进去。穿过黑暗的院子，我们进了左手边的楼里。

他按亮了灯，接着给我讲故事。

那个午后，他终于对雨晴讲了心中的秘密。妈妈出身低贱，奶奶很瞧不起她，可爸爸坚持和她结婚了。婚后，妈妈百般取悦奶奶，经常去城堡看奶奶，然而奶奶一直冷着脸，还鼓动儿子和她离婚。儿子夹在两个女人之间，万分痛苦。有次去奶奶的城堡，爸爸心中痛苦，喝醉了。奶奶用最恶毒的语言骂妈妈，让他们滚，再也别来。大雨之夜，妈妈扶着醉醺醺的爸爸上车。妈妈一路上都在哭，情绪有些失控，把车开翻了。他再也没有爸爸妈妈了。那时他还在高中，出事的时候他去参加夏令营了。他在城堡里，在奶奶的爱中待了两年。一个冬天的阴郁下午，他无意中看到了奶奶的日记。他和她大吵了一番，说这辈子再也不想见到她。他回到他父母家中，让荒芜下去的花园保持妈妈在世时的样子。

第十七章 图尔——一瓶春风

他念完图尔大学,毕业后工作过一年半。那个特别的事件改变了他,他很难保持平和的心态,有次他和上司吵起来,一气之下辞职了。直到遇到雨晴,他的心才重新和悦起来。

我善于倾听。但现在,我终于忍不住了:"然后,你又带雨晴去了奶奶那里。她乖巧可爱,你奶奶一下子喜欢上她,和你的僵局也便打破了……"

他摇头:"不,雨晴没有在我和奶奶之间架什么桥梁。但是,她在我心中竖起了彩虹:明丽的,梦幻般的,通向我想去的任何一处。"

除了花园、森林、河流,有人群的地方同样可爱。他们去贝朗热大街的花卉市场,去农夫市场、罗勒香草展销会。他妈妈原来喜欢用绿色的罗勒酱,所以他一直不知道罗勒酱也有紫色的。

"我也开始了解雨晴的私人情况,因为我已经开始考虑和她的未来。她23岁,出生在北京,家境不错。她在巴黎念的大学,和我一样,毕业后短时间工作过。"

"她在图尔接着读书?"

他摇头。

不读书,也不工作。一个人跑到图尔的一个荒园?我心里划过一丝怀疑。

"有天,我们逛新堡街。看到人家试婚纱,那一刻,我决定了她是我今生唯一的新娘。我没有和她讲。回家后,我把妈妈留下的戒指拿出来,放到桌上。第二天,那戒指不见了。

雨晴拿走的?因为这个,两人分手了?我只是这么想,没有说。

他看着我:"我看出了你的意思。不不,你完全猜错了。窗户开着,一只大喜鹊把戒指叼走了。它们喜欢闪闪发光的东西。是雨晴判断出来的,之后我们找到了戒指。"

"然后你们结婚了?从此一直过着快乐幸福的生活……"

"这么美好的日子,你怎敢奢望它能永远?"他的脸色灰暗起来,"在格朗蒙公园,我们俯视谢尔河谷南部的'绿坡'时,雨晴告诉了我她为什么躲到我的

201

荒园。父母一向疼爱她，顺着她。可他们突然让她嫁给她不喜欢的人，说那人可靠，会一辈子照顾她。那人是爸爸朋友的儿子，也在巴黎。她不知道父母为什么会突然这样，所以准备回国看看，可他们却百般阻拦。她当然可以买机票直接回去，可他们都忙，在家的时候不多，她怕扑空。她编造了一个理由，说她有男友了，两人相爱，是可以为对方献出生命的那种。他们却说，谁年轻时都会遇到那样的爱情，那不顶饭吃，生活是现实的，然后又夸她的未婚夫如何如何好。雨晴和他从未谈过恋爱。现在，他却成为了她的未婚夫。原来，父母给她的自由，其实是表面的。为了公司所谓的前途，他们还不是准备把她的幸福拱手让出？雨晴决定破釜沉舟，可她爸爸比她更果断，他说：'你说别的都没用。就这么定了。'她像爸爸，不受制于人，于是她关了手机，离开了巴黎，来到图尔。"

"她把你的花园重新建起来，花了不少钱吧？"

贝劳点头。"她家境非常富裕。和家里断绝音信后，她奇怪地发现，他们并没有断掉她的经济来源。以前她在巴黎工作，有工资的时候，父母也还是定期给她钱。"

这时，他突然起身。我以为他会去端两杯饮料，可他只是在窗前望了望，缓

第十七章 图尔——一瓶春风

缓地说："图尔，是城堡的王国。你一定参观过几个吧？印象最深的是哪个？"

"于泽城堡。我喜欢那里的鲜花田野。"

"还因为夏尔佩罗就是在这座城堡，灵感一现，写出了《睡美人》的故事？"

"是。"

"雨晴也喜欢那里。"

"阿宰勒里多城堡给我留下的印象也非常好。城堡、河水、夕阳，这三个因素为我呈现了完美的画面。难怪巴尔扎克称它为'安德尔河畔的多面钻石'。"

他的脸色更加灰暗。

"就是在这个城堡，雨晴告诉我她要离开。

"阿宰勒里多城堡建于16世纪初期，主人Gilles Berthlot（吉尔贝特洛），是佛朗索瓦一世的税收官及首席财务官。那天我刚介绍到这里，雨晴便告诉我，她刚刚得知，她爸爸的钱都是贪污来的。现在他已经被警方调查。现在，她终于明白了父母为什么要那么待她。她决定回去看他们。她从前得到的爱、富裕的生活都是父母给的，现在她要回去分担。

"我不知道该说什么。我们坐在卢瓦尔河边——这条法国最长的河，奔腾千

203

里的河，这条法国最后一条未被驯服的河。"

我不知道该说什么。

沉吟了半天，他说："两个月前，我奶奶去世了。否则，我的遗憾是终生的。就像她对我妈妈，再也没有机会被谅解。"

我沉默着。

"她像知更鸟，唤醒我的春天，唤起我对生活的爱。

"即使我们吵架了，互相生气，她也不走远。我总会在Jean Bardet（简巴尔代）酒店找到她。

"我们有很多计划。我们准备把0层都改成旅馆。她和我，都搬去东南角的房间去住。她负责整理房间，我负责做饭。我们只提供早餐：牛奶、酸奶、果汁、面包、火腿，还有我烤制的点心。不过慢慢也会预订晚餐。

"木筋墙房屋、威尔逊桥、圣马丁教堂、查理曼塔……看到什么，我都想起雨晴。

"现在有很多中国人在图尔举办盛大法式婚礼。看到他们，我真是伤心欲绝。我告诉自己要振作。雨晴就从来不会被困难打倒。我知道，有一天，她会回来的。我要在这里一直等她。"

我真心祝福他们，也准备起身告辞。

我突然想起人们所说的法国人待客寡淡。我有一个西班牙朋友，因为工作上的关系，去看一个法国人。大热天，他赶一个多小时的路，与法国人谈了40多分钟，"那法国人竟然没有给我一杯水"。

法国人是怎么回事？地主之谊，起码该有一杯水吧？我想一试究竟，而我也确实非常渴。

"我很渴，你能给我杯水吗？"

看来他是没有想到。他连说了三遍非常抱歉。看他的神情，那是真的。其实他一直讲话，应该比我更渴。

第十八章
美景来了，相机没电了

有故事的法国

　　十几年前，我对意大利托斯卡纳有多少了解？我仅知那里有比萨斜塔，有被徐志摩译为"翡冷翠"的佛罗伦萨，仅知托斯卡纳典型的景色是有着温柔曲线的山丘、笔挺的铅笔柏、葡萄园、橄榄树、打卷的牧草，让人心生舒闲。

　　其实，这个被称为意大利灵魂的地方，每一缕阳光里，都住着一位缪斯女神，让人愿意把所有柔美的词语都奉献给它。

第十八章 美景来了，相机没电了

只是那时，佛罗伦萨周围珍宝一样的小镇，还藏在我的无知后面。我略过它们，就像我青春的脚步，略过最美好的时光。

那时资讯不发达。不像现在，媒体、各路作者，都拿着大铲子挖地三尺。还有哪个没有被发现、被写过的地方？南极恨不得都人满为患了。

当我第六次来到意大利，我走到了锡耶纳，然后来到了圣吉米那诺。

这个曾有76座塔楼耸立的塔城，这个1990年就被列为世界遗产的地方，真是让人一眼千年。被城墙环绕的中世纪小城、石头建筑让人想起时光：坚固，永恒。刚迈进城里，我的感觉就是：赶紧把相机拿出来，各个角度统统拍一遍，然后再说别的。

我把相机打开，看到的是：电池红灯闪烁。

那是什么感觉？

那是你梦寐以求的人终于走到了你面前，你却不得不撤退了。

佳能35像决绝的恋人，说分手，马上转身。其他相机显示快没电了，多少还能照几张，这个，不管我心里怎么懊悔昨晚没充电，不管我怎么心底求救、号啕，镜头还是毅然决然地缩回去了。我唯一能做的就是把镜头盖盖上。

我不甘，很气愤。

我随身还带了摄像机。它的摄像功能不错，但你如果想把它当相机用，它角色转换太拘谨，它拍出来的东西，灰蒙蒙一片。

我是宁为玉碎不为瓦全，拍了三五张后，就把摄像机收了起来。

然后，我慢慢沉下心来。

蜜色的小镇，迷幻的光影。这个有着800年历史的小镇，石头谱下美好诗篇。

坐在广场中央的水井旁发呆，去那个有"连续两届被评为世界上最好吃的冰淇淋"的小店排队，去画廊里流连⋯⋯

一定是我们的思维出了问题。到一个地方，一定要照相？也许没有相机，我们的心灵会感受更多的东西。

这没电的一天，没用相机的一天，留给我特别的满心欢喜。

后来，闺蜜想让我写圣吉米那诺。

"先把图传来看看，图过了再开始写文。"

"现在竟然要先看图了？哪有你家这么啰唆的？"

"读图时代，你懂的啊。图好，文字差点都没关系。"

"不瞒你说，相机没电了，只用摄像机混混沌沌拍了几张。"

对面嗷嗷大叫后，下了结论："那你基本算没去过圣吉米那诺。准备下次再去吧。图！图！有图才有真相。"

如果你还想吃旅行写作这口饭，那你就得满足起码的要求——拍照片。

有的人，没有单位的管束，也能自己勤勉。有的人，就像边缘脱线的毛衣，兀自水了下去。

我属于后者。基本上，不该犯的错，都一一犯了。

2012年，走到法国勒阿弗尔时，相机又忘记充电了。

这个从前的渔村，现在的海港，虽然没什么太好看的，但估计，这辈子，也不会再来第二次了。没留下几张照片，也未免遗憾。

周围没找到咖啡馆和餐厅，我走进一家杂货铺："早上好，我的相机忘记充电了，能在您这里充电吗？"

店主的微笑，像早上的阳光一样灿烂。

我把相机的电充得满满的，听店主讲了一个故事，而且，我知道了自己喜欢的法国作家莫泊桑，他的故乡竟然就在这附近。

"谢谢，我去他的家看看啦。"

第十九章
圣米歇尔山，
神秘美景下的小阴影

我得仔细想想，才算得清自己来过多少次法国了。

时光荏苒，这次再来法国，我的宝宝千容已经1岁半了。宝爸正好休年假，也加入了我们这次春天的北方之行。

一家人团聚，又多个人看孩子，我自然欣喜无比。可两个人理念不同，凡事的意见，处理方式自然不一样。不能协调的矛盾，给旅行蒙上了小阴影。

我给孩子非常大的自由，但什么事能做，什么不能做，界限严格。可她爸爸却是以孩子的高兴为第一原则。

布拉德梅尔餐馆有非常多的名人曾光顾，格调高雅。每桌的花瓶里，都插着一朵橙色的太阳花。孩子见了，就伸手要拿。

我说："这是装饰，留着欣赏的。"

她爸说："9点多了，不会再有下一拨客人。花留到明天也枯萎了，给孩子玩玩，还能物尽其用。"

两人意见完全不同。他哪管和我商量，说服我同意，伸手就把花拿起来递给孩子。花到了孩子手里，我也不能再抢过来。孩子号啕大哭，我会更尴尬。

原来，我不愿意被别人约束，也不愿意约束别人，我们两人相处，谁也不管谁，自然愉快。现在，看着他犯明显的低级错误，我真怕孩子被他教育得连起码的规则都不清楚。那长大以后，不是四处碰壁吗？

在家，环境熟悉，这矛盾还不明显。出门旅行，环境复杂，这矛盾立刻彰显出来。可花钱出门不是为了生气，那两个兴高采烈，我自己生气，也很可笑，我慢慢把自己的情绪调整好。

我这边心里刚放晴，他却开始鼓动孩子喝苹果酒。

"那是酒，不是果汁。"

"当地特产，让她尝一下也没什么。喝着也不像酒。"他说着，然后趁我不注意，给孩子喝了一口。

"你凡事都让孩子尝试,到了乱来的地步。"

我说他,他也不在乎,还接着给孩子喝。我的火一下子蹿起来。但餐厅这优雅的环境不适宜发火,尤其不能当着孩子的面,我只好忍着。

发脾气的时候,我从未和人争吵过,但我会转身就走。可是有了孩子后,这点行不通了。自己走了,气顺了,舒服了,孩子怎么办?她还在吃母乳。旅行的有限时间,也不能都用来找人啊。如果走了,那就一个结果,不能再转身回来了。

转换心情最好的方式,就是换个环境。留片乌云给对方,自己慢慢去消化是通常的做法。凡事何不豁达一些,给对方留片晴空?

"上菜时间漫长,我趁这功夫去厨房看看著名的煎蛋。"我和悦地说。

"去吧,注意安全。人家不让进,就不进。"

他属于急风骤雨式,也属于风过耳式,话说过,事做过,一切就过去了,不留余音。他心里也从不计较我。

鸡蛋的做法,多种多样。但哪一个煎蛋,也没有这里的著名。在通向圣米歇尔山的长堤没有建成之前,来这里的人不多,时间也不固定,得看海潮时间。这对于小餐馆来说,是个挑战。主菜时间漫长,老板娘就发明了前菜——煎蛋。做法是:用纯黄油,在长柄铜锅里,放在壁炉里的木火中煎制。随着一个瑰丽的翻转,落在餐盘里的就成了两面金黄的煎蛋。根据所选鸡蛋、黄油、奶油的颜色,也有不是金黄，而是微白的。

我回座位时，这煎蛋正同明火一起上来。蓝色的小火苗，慢慢燃成黄色的大火焰，然后幻彩般谢幕。

千容1岁生日时，给她选了礼花蛋糕。为了给她个惊喜，事先没有告诉她。结果小礼花喷射时，孩子吓哭了。

这恐怕是世界上最隆重的煎蛋了。当然，也是我吃过最好吃的，软糯得简直不像煎蛋。尤其是旁边那圈蓬松的、糯糯的、白白的泡泡蛋液。那叫soufflée，法文中是"吹气"的意思。难怪100多年来，这种用传统铜锅和烧木炉火烹制的煎蛋一直深受人们的推崇和喜爱。

千容的语言能力远远比肢体发达。她性格开朗，也非常爱搭话。刚过1岁，一句完整的句子在陌生人面前还不能表达清楚时，她就敢搭话。她摇摇晃晃地走到火炉边和一个总看她的法国女人说："Tom and Jerry。"那女人问："你喜欢Tom and Jerry？"千容点头。

现在，这个涨潮之夜，潮声汹涌，明月静悬，本是我赏美景之时，这个1岁半的小孩却不能停下来与我同赏。她一边大声说话，一边摇摇晃晃地往前走。我怕她不着边际的老爸又做出什么出格的鼓动，也不敢停下，只好跟着。堤岸上的人不多，但我也担心孩子这样大声影响形象。万般无奈，只好随她去吧。

"千容喝多了。你听她明显话多。"她爸竟然还笑着说。我怕她喝多了，脚步更加踉跄，摔倒了。她爸说："她穿得多，摔了也没事。"可是陌生地方，还是小心一些，有个坑，有条沟什么的，出了事怎么办，这巴掌大的岛上，估计都没有医院。

千容还兀自往前走。让她回来，不干。要拉她，也不干。到3岁左右，她称得上妙语连珠，现在，她的语言能力像棵小树一样，刚刚破土出苗。但偶尔蹦出来的话，也让我惊异。当空的皓月没有了，千容说："月亮被黑暗抓走了。"风很大，她说："大风想抢我帽子。"她像我一样，喝多了爱笑，她说："妈妈，我得了多笑病。"

第十九章 圣米歇尔山，神秘美景下的小阴影

我却笑不出来。美景如此，我却只能追着这个喝多的小孩，生活真是搞笑啊。若干年后，她对这里记得多少呢？带孩子旅行，纯粹是因为撇不开这个包袱。很多人夸我性格好，那是从前。有孩子后我发现，很多时候，我也有情绪低落、想抱怨的时候。尤其是知道她爸明显不对，我想制止，可那两个都不听的时候。

我回头偷眼望了望夜色中的城堡。生活带给我们的杂事占据了太多时间，我们对自己爱的东西，只能偷空欣赏。

可是，这回头的一眼，让我仿佛站到了城堡的尖顶。这个城堡，要比它所身居的地方高出两倍。凡事，我们都要站到一个高度去看。这个高度可以不是别的，就是日后，甚至是几天之后，几小时之后，几分钟之后。你可以暂时脱离时空，把自己放到几小时之后。你会发现，困扰自己的事情，并不算什么。我又回头看了下夜色中辉煌的、神迹一样的城堡，我的心一下子开朗起来，就如此时穿云而出的明月。

生活中不遇到困难是不可能的，但我们要在最短的时间内调整好心态。

自己的心情变了，感觉到、听到的东西也不一样了，就不再抱怨这个小包袱了。

我也真是小瞧了孩子。外部世界是真的在她小小的脑袋里引起兴趣的。她不完全是我刚才所想的喝醉了瞎走。她回头，说："妈妈，你给我解释一下'一滴水'的概念。"她第一次说"概念",用得很准确。

她应该是看到这大海,想起我从前给她讲大海和水的关系吧?我说:"一滴水是组成大海的开始。一滴水可以看出大海,一滴水也可以是大海。"第二句、第三句她显然没有明白。她说:"那第二滴呢?"

既然她这么感兴趣,我就接着给她讲潮汐。

圣米歇尔山一带有世界上最壮观的大潮,以潮水落差巨大而著名,潮涨之时,18公里外的潮水以其勇猛的速度奔来,一会儿就将四周淹没,被称为"世界第八大奇迹"。

圣米歇尔山每年有两次大潮:春季的3月21日和秋季的9月23日。我们很幸运,没来早一天,也没来晚一天,正好是3月21日。

有孩子后,家长会发现,给孩子完全准确地讲解其实是很难的一件事。我给她讲完,觉得不太满意,就说:"一会儿回酒店我上网给你查一下,最准确的答案。"

"不用。就用你嘴里的话告诉我。"她说。

第二天清晨,我重新拥有了自由身。我悄悄起床,往窗外一看,昨夜庭院里的潮水,都已退去。我出门向右走,大大的金黄圆月还留恋在朦胧的远树之上。潮水退去,湿泥上隐隐映着明月的反光。鸽灰中夹着一点点粉色的天空,点缀这黄盘明月,仿佛一幅素雅的水彩画。

我想起昨天的黄昏。当我们驶过最后那一马平川,看那圣米歇尔山城堡仿佛神迹一样天降时,沉静的落日正在场。圣米歇尔山,这个世界遗产是让人震惊的。这里的日落、月升、月落,却分外安然。

住在山上的人不多,此时,都还没有出来。我在晨色里,一个人慢慢向上。这城堡建的,可以说和这小山珠联璧合,简直浑然一体。每一处转弯,都有不同的风景。而回头望时,也每每都有收获。这岛周长只有900米,却把那么多东西容纳其中,规划称得上完美。沿着台阶而上,那昏黄的路灯,仿佛被神秘的人提着,为我指引。

第十九章 圣米歇尔山，神秘美景下的小阴影

玫瑰色出现在天空中、海面上，灰色的斜屋顶亮了起来，红嘴鸥在晨曦里飞翔。游客慢慢上来，他们在一个半圆形的平台那里，等着看日出；我站在稍高处，看他们。远处的休赛岛，恍然如梦。

我想着还在酒店里沉睡的那两位，心怀感激。我以为我的自由会随着我结束单身而消失，不想我还能这样长久地拥有它。这么长时间，带着这么小的孩子旅行，能同意这一点的男人，天下不多。

这里的日出，没有那不勒斯浓烈的炫彩、满天的云霞。它和法国一样，含蓄沉静。我正这样想着，它却突然暗沉下去，然后一下子，金光四射起来。金黄的光，映在建筑上，熠熠生辉，尤其是修道院顶上的金色大天使，耀眼夺目。

圣米歇尔山这高耸入云的塔顶和箭楼，是法国北部最经典的景色之一。

修道院的钟声敲响，沉稳、朴实，却清亮、辽远。生活也该如此。

孩子昨晚太累了，我回去很久，她还没有起来。

"我给她梳头洗脸，你再出去转转吧。"她爸说。

我说："可以了。"

收拾停当后，千容爸爸想离开这里。我建议他俩去山上看看。

"昨晚已经去过了。"

"白天是完全不一样的感觉。"

"你看了就行了。我们还不就是陪你来的？"

他说的是实情。千山万水地赶过来，他可以不看一眼。他的目的就是想让我看。这确实让人很感动。

我坚持让他们出去看看。我陪他们又走了一圈。

我给他们介绍，除了梵蒂冈和耶路撒冷之外，圣米歇尔山是最重要的基督教圣地。这座浮现在灰色沙地上的岛屿，也体现了人类惊人的智慧与力量。修道院也同时拥有罗曼式、哥特式和火焰哥特式三种建筑风格。

"走这一圈非常值得。"

我正为他们赏了美景高兴之时，她爸马上又做了一件让我冒火的事：给孩子

买了一根大大的糖棍。

"那么大一根糖，孩子吃了牙不坏了吗？"

"也不用都吃啊。乐和乐和就完了。"

"孩子才1岁半，走路不稳，这台阶上上下下，拿着这么一根大糖棍，多不安全。一摔跟头，还不扎进嗓子里？"

"你总是想那万分之一的可能。"

"这是起码的知识，每个父母都知道。孩子也不看别的了，只专心致志吃这糖。"

"本来她也记不住什么。我们都是陪你出来玩的。"

话说到这里，我就不想再说什么了。

我们依依不舍地告别了圣米歇尔山。我说："等千容长大了，我们会陪她再来。"

出圣米歇尔山没多久，有个小镇。我说这里的黄油饼干非常出名，千容她爸要去给她买。他没有一个人带孩子旅行过，不知道下车要哪些程序：把两个人的安全带解开；把路上用的相机收起来；外面冷，得把棉衣给孩子穿上；检查一下车上玩的小玩意带没带出车外。而当我做完这些，他已经过马路，走进超市了。我想带孩子去追他，结果发现他没有锁车。怎么能这样？你倒是回头看看我们呀？我有些生气，但想算了，鸡毛蒜皮都生气，那旅途的乐趣不是全没了吗？我不敢走了，就带孩子在附近玩。很多木制的花盆，里面盛开着迷人的蝴蝶花，花盆上有能装卸的木头球。那球不知道怎么突然掉下来。千容立刻来了兴致，捡起来，爱不释手。

半小时左右，她爸回来了。

"我本来还想去追你，结果你车都没锁。"

"我发现你们没跟上来，本想回去找你们。后来一想，孩子进超市就不出来，还得赶路，算了。"临走时，千容想带着那小球。我和她爸这点上意见完全一致：绝对不行。虽然周围没有一个人。

第二十章
翁弗勒尔，印象派画家钟情的写生地

翁弗勒尔，大西洋边的一座古城，又坐落在塞纳河三角洲上。它有海港和河港的双重身份，是航向加拿大和巴西的起点。航海史在这里已经写就了千年。

这个不大的小城，也是法国诺曼底大区昂日地区的首府。

初见老港口的一瞬，千容说："妈妈，我们闯进了一幅风景画里。"

她说得太准确了，以致让我愣了一下。

诺曼底柔和的阳光，像是给眼前的一切穿上纱衣。

防波堤、中世纪城堡大门、更有那养眼的地标性建筑Lieutenancy（总督官邸）。那是路易十四任命的当地官员的宅邸。

听千容说这是风景画，我赶紧给她介绍。谁知，她根本不听，只管高兴地跪在石头地上。不用强迫孩子听，潜移默化足够了。

圣·艾蒂安港虽不大，却生动。

河岸的房子互相支撑，却没有挤的感觉。它们和谐有序，像阿姆斯特丹的房子，却比那里古朴、安闲。

我们一家三口坐在港口的咖啡馆吃早餐。让1岁半的孩子在陌生的环境安静地坐着，这很难。我通常给她带个熟悉的小玩具，有了这熟悉的伙伴，她就老实多了。不一会儿，她又找到了新的乐趣，溜坐到地上去和那里的光影游戏，十分开心。

第二十章 翁弗勒尔，印象派画家钟情的写生地

一闪即逝的景象，空气的美，那些不可能的东西，是莫奈钟情的。在他的画中，我可以感觉到浮云和微风。怎么表现阳光在水面上闪烁？他用新法。纯色小点和短线，密布在画布上。

把光和色彩作为绘画的至上追求，只有大自然能提供这样的新鲜生动。

印象派画家钟情的写生地，就是我们眼下所在的翁弗勒尔。

当地最有特色的是木筋房。海边多风雨，诺曼底人就用木头直接钉上去，既讲究力学，又美观大方。交叉的彩色房梁，也充满情趣。用千容的话说——"像积木房子"。

曲折深巷，硌脚的石头路面，这小城像40岁的女人，更多的不是初见的惊艳，而是岁月沉淀下来的美。不，它比40岁古老得多，它起码有1000岁。

圣·凯瑟琳广场有座木制教堂，15世纪建的，是法国最古老的木教堂。彼时还没有泥瓦匠，这工程遂交给造船厂的工人，因而它的屋顶像一艘倒扣的船。

教堂里除我们外，没有别人，只有闪烁的光影。我轻声地给千容念《小银和我》：我们去等游行的车队吧，他们会带来远处多尼亚纳森林的喧嚣，阿尼玛斯松林的秘密，马德雷斯和两株白蜡树的凉爽，以及罗西纳的芳香……

隐约的木头气息拂来，我想起这几天所见的诺曼底田野。春天，苹果树正开洁白芬芳的花朵。这之前，我不知道能做烧酒的苹果有800多种，不

219

知道还有苦苹果。世界辽阔。

法国人很有诗情画意。一点色彩，一个装饰，就能让平凡之物鲜亮生动起来。

一个商店门口的大"苹果"，让千容一下子兴奋起来，爱不释手。

法国人也从不用新物去打掉历史渗入其中的旧有。

我们的心，和他们的那样不同。我们对有历史的东西从不在乎，推倒时那么毅然。当初，看到邻居从平房搬到楼房，我羡慕、向往。直到多年后，我才对那个有无数花朵、几棵果树的院子开始怀念：我在那里摘紫色的"天天"——小小的浆果，既甜又酸；晚上，盯着夜来香一点点开放，就像在镜头里面。

千容有天说，想去看妈妈小时候住过的房子，我只能抱歉。

现代消融了个性。

我们对钢筋水泥的高层建筑充满好感吗？也许富足之后，我们才能回归，就像印象派画家来这里寻找旧时代的诗意。

莫奈一年到头，都在室外。大西洋风大，他把自己和画布都绑在岩石上。他太看重室外写生了，他还曾把小船作为自己的画室。

莫奈也敢于应对生命的逆境。次子刚出生，爱妻就染重病，他要照顾病人、婴儿，洗衣、做饭，还得去街上兜售画作。

我们需要诗意的生活，更要勇敢地面对困境。我给千容讲这些，不知道她能明白多少。

第二十一章
迪南水岸，宁静盛放

春光明媚，岁月静好。

迪南老城，像玉带环腰的碧玉，镶嵌在布列塔尼的山谷里。这玉带便是兰斯河。刚才它在我身后，现在我转身面对它。

很多游艇泊在河上，桅杆林立。它们当中，大多经风历浪过吧，但桅杆给我的感觉是宁和。一切都是眼界所致。我所见的桅杆多停在港口，我见的是它垂直的静雅，不是它倾斜的慌张。我也曾乘船在海上。我晕得太厉害以致倒下，所以没有桅杆的记忆。桅杆给我的安宁阳光来自于一张明信片给我的想象——那是荷兰的港口，当时我想，我一定要去那里一看。而我初见桅杆林立的场面，却是在南非开普敦的豪特湾。太多时候，生活不是我们的想象。我在开普敦也曾出过海。浪很大，船在浪上一蹦一蹦的，我努力稳住自己，好用相机拍鲸鱼。可是记忆中完全没有桅杆的影子。

于我，桅杆总是和阳光在一起，也因为，扬帆就表示希望吧！

可以在大海里搏浪，可以在小河里泛舟，人生有多种选择。

春天河水清冽。

人生最像水。河是时光的前行。逝者如斯，不舍昼夜。

湖是平淡不变的生活，一段时间的视点，看似不变。

海是归宿。

爸爸负责照顾千容，不仅省我体力，心里也感觉轻松了，我经常能沉浸到自己的世界里。

前行的时光，改变迪南很少。今天的河岸，还是老河岸；今天的码头，还是古码头。

千年前修建的码头，是城镇最初形成的地方。当地商人，与来自30公里外圣马洛的商人，在这里交易。12世纪，这里地理优势越发明显，开始成为商业中心。临水的城市总是先富。13世纪，迪南已是布列塔尼最富有的城市。物以类聚，鞋匠们占了一条街，裁缝们占了一条街。面包是必不可少的——面包店也占了一条街。我讲了很多，千容对这三条街最感兴趣。

迪南保持着旧貌，今天的港口区，是浓浓的古镇风貌；港口，仍是水路交通的起点。兰斯河上的老桥，是15世纪建的。钟声响起，那是一座15世纪的钟楼上发出的。高架桥是1850年建的，目前还在用。

现在脚踩的鹅卵石路，多是15世纪修建的，路通向繁忙的港口。路两旁延伸出来的窗台，商人们将货物摆放其上。兰斯河弯弯流淌，此去15英里，就是更开阔的大西洋。

公爵府邸坐落于此的迪南，是中世纪面貌保留得最好的布列塔尼古城。除了古港口，古城堡、古高架桥、古教堂、古城墙，还有许多13到14世纪的"半构式"建筑——那凸显出明木骨架结构的小房子，有童话的意境，有旧日优美的气息。如果再晚一个月来，还可以看到戈比林织品上的情景——传统节日里，身着各种传统服饰的布列塔尼居民。

遥远岁月带给迪南的不是沧桑，更没有陈腐，而是娴静，旧识一样的温暖。顺着古老的石子路爬上圣马洛教堂，聆听那蓝金色相间的管风琴庄严动听的声音；在迪南城堡登上钟塔，一览全城美景；在英式花园里散步，在Place Saint Saveur（圣味广场）广场或Dinan place du clos（迪南杜克洛广场）广场流连；在中世纪巷弄的某家小店喝杯咖啡，抑或是在位于Basilica教堂对面的La Maison

Pavie酒店里小憩，看看那15世纪的建筑。有孩子后，女人会改变很多。但因为更多的爱，女人也会变得更优雅。

爸爸宠爱女儿，一路上都抱着。我说让她自己走，他说："能抱的时候，还不赶紧抱着？孩子长得多快呀。"

布列塔尼蓝黑色的斜坡屋顶、窗口的鲜花、石头老路、墙上的绿色植物，仿佛曼妙的香颂，不惊艳，却耐人寻味。

潺潺流水，正带我们走向四月；野花又绽放新一季的芬芳，森林草地无边郁郁，蓝天白云广阔轻曼。田园郊野的清新，千年小镇的温婉古朴，浑然一体。

参天老树，今年芳草；古老水井，新生燕雀；旧日河道，年轻欢笑。今日与过去，弦乐一样和谐。

作为游客，我们奇特、奇妙的感觉沉静下来后，便和此情此景融为一体。宁和质朴，是生活的本真。

生命，不是那暗黑的归宿，是活着的充实、喜乐和栩栩生机。如果没有风云万千，那让我们珍爱这平安中的小吹拂；如果没有大喜，让我们珍惜这平淡岁月的小幸福。

千容喜欢这一切，但她更喜欢的是河边的一簇春菊。她远远地奔过去，坐下就不走了。

很多中国人喜欢的可丽饼，就源于布列塔尼。这里的Crêperie餐馆遍地都是。我们去吃这著名的薄饼。可是餐厅里的宝宝椅，圈不住这小孩，把她放上去，她马上就下来，再放上去，再下来。她到底想干什么？我们不再管她，她自己走到台阶上，一屁股坐下，怡然自得。

中国妈妈通常不让孩子坐地上，觉得脏。这方面我比较西化，随孩子高兴。只要最后把手擦干净就行。给新鲜的食物、吃东西时保证手干净、肚子别着凉，这三点我严格把关，所以孩子从出生到现在，没闹过一次肚子。

第二十二章
一个人的旋转木马

有
故
事
的
法
国

　　这次去的几个法国城市，在中国人眼里都不是非常出名。雷恩斯，来之前没有听说过，感觉却很不错。走在街上，经常能见一树树的紫玉兰——盛放着春天气息的大花朵；广场上，有人在玩好大好大的肥皂泡。千容看到这个，自然是不走了。

　　好不容易玩够了离开，又看到旋转木马。千容坐了三遍，还不下来。陪坐的我都转晕了。

　　费了很大劲，才把她哄进塔泊花园。这个位于雷恩斯市中心的花园，建于1860年，占地超过10公顷，包含一个法式花园、一个英式花园和一个植物园。其名称来源于以色列的塔泊山，那是一座石灰岩山，俯瞰东北方的加利利湖。

　　园中玫瑰的种类数不胜数，菊花也多样。一个妈妈把一个熟睡的婴儿放到花丛中，我忍不住上前拍了两张照片。我想起给千容讲过的《郁金香花坛》：仙女妈妈把小仙女放在郁金香花中。孩子记忆力惊人，但忘得也快。家长需要经常重复，孩子才会长久记得。

　　公园里有大片的绿地。千容一见，立刻下了石子路，跑到绿地上。不知人家法国这草坪让不让踩，我赶紧追她。他爸却处处护着闺女："这么小的孩子，也踩不坏草地。"我说："后面还跟着俩大人呢。"

第二十二章 一个人的旋转木马

果然，草地不让踩，一会儿就有工作人员跑来告诉了我们。

我和工作人员说话的工夫，千容跑远了。我准备追她，工作人员却突然对我说："算了，让她跑吧，既然她这么喜欢。"

他这话一出，我立刻被感动了。

一个金发碧眼的小男孩，追着千容。千容去哪里，他就跟去哪里，家长怎么也带不走，就索性由他了。千容一开始不喜欢这个小男孩，总躲，我说："人家喜欢你，你起码应该礼貌地回应一下。"嘿，千容竟然伸出手，像大人一样，摸这个小孩的脑袋。不一会儿，她开始觉得这小孩好玩了，两人一起玩了两个多小时。

雷恩斯，是法国布列塔尼的首府，也是进入布列塔尼半岛的门户，城市里有很多都铎王朝风格的建筑。

位于法国西北部的布列塔尼，被誉为欧洲大陆最魔幻的地方；而位于半岛边缘的圣马洛，是大西洋边最美丽的城市之一，被法国文学家福楼拜赞为"波涛上的石皇冠"。

城墙旁有很多花坛，里面盛开着美丽的蝴蝶花。千容看见花，跪下就不起来了。我哄她照相，说："抬头，小鸟飞来了。"她抬头，却没有看见小鸟。我想再照一张，又骗她说小鸟来了。她头都没抬说："没有小鸟。"她爸乐了，说："你那智商，还想和我闺女比？"

等到又坐旋转木马，她爸就傻了。事先问好了大人能不能陪，回答说可以。可买完票后，竟又告诉我们大人不能陪。有爸爸在，千容就娇气。这时候再不让她坐，她肯定不干。虽然她经常坐旋转木马，可是都有人陪着，独自一个人坐，她行吗？她才刚刚1岁半啊。这座位虽然是圈椅，可有一段是没有围栏的呀，何况它还在不停地转动。我说不坐，不退钱也无所谓。她爸顺着她，说："没事，让她坐吧。我们两头堵着。"两头堵？这个大大的旋转木马，周长得有30米，我们怎么堵啊？孩子掉下来，就是一秒的事。我可不是刘翔。

我们家一向民主投票，我这一反对票无效。好吧，如果孩子掉下来，我可没有能力及时奔过去救她。你们既然坚持，就自己负责吧。

木马转起来。孩子兴高采烈，东看西看抬头看。也许是一个人太自由了吧，她竟然扶着圈椅站了起来。她右手边不到半尺的距离，就是那个空当，而木马开始越转越快。

我的心悬起来。这孩子一旦摔下来，还不头破血流？孩子出事，我也不活了。

"宝贝，我要交给你一个任务。"爸爸这时跟着木马跑起来，"看到妈妈在那边，打一下招呼；看到爸爸在这边，打一下招呼。你坐下，就不会漏掉一次了。"

听到爸爸的话，孩子竟然乖乖地坐下了，每次转圈遇到我们，她都高兴地打招呼。

第二十三章
每一颗眼泪
都是一颗珍宝

有故事的法国

第二十三章 每一颗眼泪都是一颗珍宝

惊险之后，我们去海边。

"妈妈，我能在水里踩吗？你答应过我的。"

我这边都说可以了，她爸却说："不用问妈妈，你想做什么，自己做就可以了。"

我一听，火立刻蹿上来："我这样的妈妈，还不够开明？看韩国的《宝宝学步》，千容说：'妈妈，我能穿鞋在水里踩吗？'我说：'你可以试试。'我言必行吧？几个中国妈妈能让孩子穿鞋在水里踩？我们还在旅行，天还冷，她鞋湿了感冒了怎么办？我这冒着风险呢。"

他赶紧给我解释："孩子总征求家长的意见，会破坏孩子的想象力、决策力……"

我觉得他说的也有道理，心里怪自己的火上得太快。

千容踩水踩够了，又开始玩湿泥。

"妈妈，我能拿这个铲子吗？"

我见二三十米内无人，说："拿吧。"

这一句，她爸又有话说了："看你把孩子教育的，事事问你。你平时自己带孩子行不行啊，我开始怀疑了。"

231

千容拿着黄色的小铲子，非常高兴。大约半小时后，一个妈妈带一个小男孩过来，说铲子是小男孩的。

"那孩子哭得很凶。他的哭声证明了。"

"妈妈，我记得你给我讲过的《夜莺》，每一颗眼泪都是一颗珠宝。"千容把铲子还给了人家。

我为千容的话感动，也险些落下泪来。可几小时后，我又开始怨恨他们父女了。我们开车回巴黎，走高速路，千容怎么也不同意系安全带，甚至不坐下，非要扶着前面的两个椅背，站着。她之所以敢这样，也是爸爸在后面撑腰。"这不是别的事情，这是安全问题！你怎么起码的是非都不懂啊？傻子都知道该怎么做！"他也急了："我开车呢。我情绪不好可容易出事。"我被气得满腹怨言，却一句话也说不出口。

GPS设定的是戴高乐，结果，带我们去的不是机场，而是凯旋门附近。真不知道那里也有个"戴高乐"。

"本来准备的时间就不多，现在又错了，估计赶不上飞机了。"他说。他胆子比我还大，哪里都敢停车。在车来车往的凯旋门，他停车去问警察。

回答完问题后，一个女警走到我们的车旁："孩子都没系安全带！？"

讲法律和秩序的欧洲，一般没人管你。可一旦抓到你了，就使劲罚。

这得罚多少钱啊？这一罚钱耽误时间，更赶不上飞机了。

可女警心情好吧，竟然没罚钱，还语重心长地说："孩子一定得系安全带。"

我抓住这个机会，赶紧教育孩子。直接从千容下手，我觉得这招很管用。

第二十四章

苹果酒，杜拉斯，一无所知的情人

通常情况下,我会远离醉鬼。当然是指陌生的那种。

今天之所以留下来陪她,一来她是中国人,二来她非常漂亮,把这么漂亮的姑娘独自留在这里心有不忍。

你为什么喝这么多?这问题太庸俗。我们又实在没什么好说的,我就开始给她讲酒。

我不大懂酒。只是刚学了些东西,给她讲,就算锻炼自己的记忆力吧。

"诺曼底地区较寒冷,不适合栽培葡萄,也就不产葡萄酒。法国人没有酒怎么行?苹果,代替了葡萄的角色。这种曾吸引了夏娃、让牛顿突发灵感、毒死白雪公主的水果,有了新用途。"

她笑起来:"哈哈,我的手机也是苹果的。"

"1553年,诺曼底人Gilles de Gouberville(古贝尔维尔的吉莱)发明了苹果白兰地,之后慢慢开始在诺曼底流行。诺曼底盛产苹果,有800多种,经过特殊的栽种与选择,有超过200个种类的苹果可以被用来进行Calvados(苹果白兰地)苹果酒的蒸馏酿制。"

"你怎么知道我手里的是Calvados?"

"诺曼底最有名的本土酒有三种:Calvados(苹果白兰地)、Cidre pomme

第二十四章 苹果酒，杜拉斯，一无所知的情人

（苹果酒）、poiré（梨酒）。苹果酒清醇甘美，法国人称它为生命之水。所以我想杜拉斯离不开它。她曾经那么美，风华绝代，但因为酗酒、吸毒，老年的杜拉斯美貌荡然无存。"

"我想你是因为杜拉斯，才来特鲁维尔的吧？我也是。她一直是我的偶像。"

"看到你，我想到杜拉斯22岁那年。"

"我25。"

"她在巴黎修完法律课后，开着她的黄色福特敞篷车第一次来到特鲁维尔，立刻被这里的大海迷住了。"

现在，我们身处的餐厅外面就是大海。也许是大海看得太多了，这大海没有迷住我。迷住我的，是经过莫奈笔触的特鲁维尔海滨。

有人在海滩上骑马。

"你在这里骑过马吗？"她的声音悦耳。

"在这里的森林里骑过。"

"我更喜欢在悬崖峭壁上试骑术。从上面还可以俯瞰多维尔、特鲁维尔壮观的景色。"

235

"你胆子好大啊。"

她半天不说话。

如果她忙着干别的,我也不觉得尴尬,但她盯着我看。

关于酒,我也讲不出更多。我给她讲特鲁维尔。

"特鲁维尔处在图克河入海口,捕鱼和航海传统悠久,景色优美,海岸优良,无数作家、艺术家欣然来此。1836年,15岁的福楼拜在这里邂逅26岁的美丽少妇爱丽莎,少年的单相思触发了他写就名篇《情感教育》。现在,福楼拜雕像坐落在图克河注入大海前的最后一个拐弯处。"

"还有这个桥段?"她迷蒙的眼睛看着我,"来这里的中国人少,网上基本查不到资料。我就知道比利时人桥,横跨在这什么河上。将特鲁维尔和左岸的那谁连接起来。"

"图克河,多维尔。刚才你不说了吗?"

她笑的样子非常妩媚:"还是你给我讲吧。"

"特鲁维尔还有一个地方比较出名,虽然叫'鸟鸣',却是一块绿地。在这个小镇的东北。其实也没什么好看的,但莫奈《特鲁维尔海岸》描绘的就是这里的风景。

"1866年,黑石酒店开业,这个被称为'诺曼底海岸国王'的地方,成了上流社会的宠爱。莫奈描绘过它,普鲁斯特光临过它。通常,故事,尤其是绯闻,更有传播力量。这由杜拉斯来写就再合适不过。虽然那时她已进入暮年。1963年,黑石酒店有房间待售。杜拉斯看到《费加罗报》上的公告,立刻决定买下来2楼最右侧那个临海的大套间。给她写了5年情书的扬,经她允许,来到这小镇,叩响她的房门。杜拉斯把儿子空闲的房间留给扬住。从此,他留在她的生活里,成为情史丰富的杜拉斯的最后一个情人。那年,她67。他27。"

"我和我的情人,年纪也相差悬殊。"

她突然说到自己,我一时不知怎么搭茬好。

她半天不说话,我接茬说:"你们家不同意,所以你痛苦?"

第二十四章 苹果酒，杜拉斯，一无所知的情人

她笑起来："我们家管不了我。

"我们在一个微信群里，他总是热烈呼应我的文章。他才思敏捷，博闻广记，不管谁说什么，他都一下子给予最精当的评价。他把我朋友圈里我的照片，都拷贝过去，做成更精美的相册给我。我的朋友圈有几千人，很多人我也懒得看是男是女。不知为什么，开始我以为他是女孩。他弄了个荔枝台，广播我的稿子。这时候我知道他是男人，听声音40岁左右。我非常喜欢他的声音。

"我猜他40岁。他说40是我的期待。他心是不老，人确实比我大多了。

"刚才说骑马，我从15岁开始骑马。后来爱上了同样喜欢骑马的一个人。21岁时为他生了个私生子。如果是小三，我就觉得俗。我只是不愿长久和一个人在一起。不喜欢日常生活，我喜欢有难度的爱情。这事我几乎没有告诉过别人。不知为什么，我告诉这大叔了。他说：'这和俗不俗无关，只与你爱的方向有关。此话有些极端，不能一概而论。小二俗的不知多少，小一俗的（男方）更多。爱只与爱有关。'他也告诉我，他周围的朋友都去找小姐，他是另类，最后他们都不找他玩了。他嫌她们，包括他们。他夫人说他是洁癖。但他有过一个情人。做爱，还是灵魂交流的延伸比较舒服。做爱，本质上仍是交流。只有性，会非常空虚。

"诉说是危险的。这表示你内心向某人开放了。这一开放，就会把爱放进来。

爱——月亮——在我们间传递

而又吞噬销蚀分隔的身体

我们是两个幽灵，远远相望

而互相寻找

"他赞许我敢作敢为，鼓励我在亲戚朋友、众人和社会面前，一定要挺腰，理直气壮地带孩子。他说我没做错什么，孩子更没错！

"我父亲去世了。我从他那里找到安慰。他说：'瞬时哀乐。生命的真相如此吧。如梦幻泡影，如露亦如电。怎么办呢？传情入色，自色悟空。'

"我这么漂亮,当然有很多人追我。我告诉他,他说:'生命如此偶然与短暂,我不妒忌,我只是怜惜。'

"他激情如火,一天至少给我发200条短信。最多的一天发352条。他经常看我的照片,一看几小时,浑身发热,喘不过气来。

"我也爱上了他。

"我感觉他像一朵云,在我心湖投下彩影;像一道闪电,燃烧在我的天际。他点燃了我死寂几年的火山;更像那两千年的许愿,化作今天的花开并蒂。

"我不仅爱上了他,而且有和他同死的想法。我和他提起了这个,提起《失乐园》。他说:'人生无常,爱亦无常,所以去死。但作者却活到天年。那是个可能,探讨爱的保存方式。是想象。中庸好。生是偶然,死是必然。我何惧生死,但和你我有关的人怎么办?你自私去了,丢下他人痛苦。等你老了活动不了再死不迟。死还不容易,活着难。但也有无限可能性。死的话,只此一次。你去信佛吧,或去信耶稣。'

"既然他不和我一起死,我就自己死。我告诉他说:'我死了,你就永远爱我了。'他让我不要乱说话,有神明在上。他不爱鬼,只爱活人。他去散步,让我好好的,一定。怎么他总有时间去散步?我突然想到,莫不是他已经退休了?一问,果然。之前他和我说过无数次,说他很老。但具体的年龄他怎么都不说。"

我俗气,八卦起来:"那至少60岁了,和你至少差35岁!?"

第二十四章 苹果酒，杜拉斯，一无所知的情人

她点头："我让他传张照片给我。"

"看完照片，你失望了？"

"他的身材像20多岁的小伙子。衣服清清爽爽，是我喜欢的风格。"她看着我笑了一下，"就是这照片没有头。你想得到吗？他发张没有头的。他说自己太老了，实在不敢发。他说我们是'则为你如花美眷，怎奈我似水流年'。不管我怎么说不计较他的年纪，心里有准备，他就是不发。有些事情启齿，为什么那么不易？以年计算的时间，究竟有什么意义？我告诉他，'如果你不能于时间之外傲立，那就让我们的爱情，漠视一切。'

"你看人杜拉斯，就从不考虑年纪。挎着比自己小39岁的情人，满街转悠。

"后来我一直催，他发了张若干年前的。坐在光影里，很模糊，却是我喜欢的样子。我感觉自己和三个人谈恋爱。一个不露脸的小伙子，一个光影里的中年人，一个老头。我不知道他的姓名、年纪、职业、家住哪里。我对他一无所知，我不知道自己爱上了谁。这很好笑吧？这算什么相知相遇？他自己也总说我们电波震荡，达心灵。

"很多人对爱上什么，有时不是很清楚。杜拉斯最后的那个情人，是个同性恋，他无法接受女人的身体，总是跑出去和男人约会。他真的是爱杜拉斯吗？精神之爱可能有，但更可能的是，他爱的是杜拉斯的书。他说：'抄她所写的东西，让自己模糊不清，成为一只抄写她文字的手。我就做抄她书的手。'而杜拉斯呢，她爱上了爱情。

肉体腾起互相缠绕的渴望

连骨髓都被照亮而燃烧

但伸出去求爱的手臂

却在自身之中枯凋。

我们现在成了影子

相互缠绕

却只能亲吻空气

有故事的法国

醉酒的人有种激情，我喜欢她朗诵的这些句子，虽然不是她的原创。同她交谈，让我想起了杜拉斯。她说她从未喝到酩酊大醉，但她喝得实在太多，"我喝得把所有的人都抛在后面了。我开始在晚上喝，后来中午也喝，再后来早晨也喝，以后在夜里也喝上了。后来是每两小时喝一次"。

她喝得从人世中退身而出，可望而不可及，她一直喝到肝硬化，吐血。

"我突然想起了这几句：

陌生人，我喜欢你

如此静静地站立

在你携带着的

光的强度里

"我每天都在疑惑，今生，是否永远见不到他？我感觉自己用一生的时间，奔向他。若他消失了我该如何寻找？我一点线索都没有。"

"不可能的，绝望的爱和美，你估计爱上的是这个。"

"自从爱上他后，我开始总在我们同在的那个群里流连。后来终于知道了他的名字，住哪个城市。我跟他说：'知道这些信息，我就能找到你。'"

"然后,你去他所生活的那个城市,终于见到了他?"

她摇头:"他说:'实行这么愚蠢的想法,怎么会是阿思?'我叫思思。"

我点头。

"他说:'美在情中,亦在度中。不知度,美亦丧。你年轻,在情路上,有大好的前途。我是你旅途中的一个过客,而且是不重要的过客。或者是一懂你的解人,不过如此。'他希望我们只是朋友,或至多是知己。

"我说:'若你长久没有消息,我不知,你是变心,还是已不在人世?'我突然为他的年纪突生出永恒的爱情来。仿佛60岁,已经是一个老到随时可死的年纪。"

"他说什么?"

"他说:'我不死,就永远是等待的状态。'那时,我正听着音乐。突然间,音乐消失,眼泪滑下,他在我心里了,这一生。"

她又端起酒杯。我替她拿下。

"为了和他相配,我熬夜、喝酒,想让自己快些老。我把照片传给他。他说:'你老得太慢。'他说:'别让我伤心了。求你别老,永远是我认识你时的样子。'他说:'你那么美,而且出色,你要保护好自己。'他说我们不见也是知音。他的意思是,平时别只沉沦于胡思乱想,即思想上的闹腾。静心该做什么做什么。

"他说：'我知道你，你知道我，这已经是殊胜的因缘了。'认识我后，他经常进山里去辟谷。很多时候，我怕他遁入空门。我一直挺开心的，认识他后，却觉得那么空。"

"嗯，需要爱才空。"

"我用一生寻找。我找到了，可是见不到他。"

"25岁，说一生，太早了。"

"我也必须用一生忘记他。"

"忘不了的，就先记着。"

"我就是这时候开始看杜拉斯的作品的。激情、狂乱、迷茫、厌倦、虚无，都被她昭然揭示。"

"她屡遭劫难，却坚韧不拔。"

"严酷、悲怆、死亡。"她沉吟了片刻说，"去年，他去世了。群里发的讣告。讣告里一定有他终年多少岁。可是，我没敢看，退群了。我回家后，种了一棵苹果树，他说过他最喜欢苹果树。我从没种过树，我料想很多年后，它才能开花结果。更可能的是，它永远也不开花。可是，今年，它就开花结果了。

"我把苹果摘下，存放在冰箱里，来这里寻找杜拉斯的踪迹。他很欣赏杜拉斯，说她放纵却率真、多情、绝望却从不气馁。"

她的手机突然响了。铃声是"你是我的小苹果"。

"不知道这歌为什么会成为神曲？"

她没有回答我的话，她说："你会在这小镇待多久？明天我就回家了，我回家去吃我的老苹果。"